SIMPLIFICAR O COMPLEXO E SUBLIMAR O TRIVIAL

Masimo Della Justina

SIMPLIFICAR O COMPLEXO E SUBLIMAR O TRIVIAL

EDICON

CIP-BRASIL. CATALOGAÇÃO NA PUBLICAÇÃO
SINDICATO NACIONAL DOS EDITORES DE LIVROS, RJ

J97s

Justina, Masimo Della
Simplificar o complexo e sublimar o trivial / Masimo Della Justina. - 1. ed. - São Paulo : Edicon, 2020.
288 p. ; 23 cm.

ISBN 978-65-5934-006-4

1. Poesia brasileira. I. Título.

20-67697 CDD: 869.1
CDU: 82-1(81)

Meri Gleice Rodrigues de Souza - Bibliotecária - CRB-7/6439
19/11/2020 25/11/2020

COORDENAÇÃO EDITORIAL: *Valentina Ljubtschenko*

REVISÃO: *Nilza Aparecida Hoehne Rigo*

CONTATO COM AUTOR: masimo.dj@gmail.com

EDICON
Editora e Consultoria Ltda-EPP
11-3255-1002 3255-9822
www.edicon.com.br
Rua Herculano de Freitas, 181 SP- SP 01308-020
zap 98871-1678

Impresso no Brasil/Printed in Brazil

Sumário

COISAS, PESSOAS, NATUREZA

PAÍSES, GUERRAS, CONFLITOS

VIDA, EXISTÊNCIA, FILOSOFIA

Quando d'alma cantamos a vida ou, a poética existencial de Masimo Della Justina

Sim, é verdade que "O tempo é permanente/ e nossa vida é só um instante", e eu vou no embalo a versejar Masimo Della Justina, porque é preciso perceber que "quase parando/ tudo se equilibra enquanto vai mudando/ antes da matéria e do tempo tudo é previsível...".

O professor Masimo Della Justina é um intelectual que aprendi a admirar pela justeza das suas apreciações e pesquisas, mas não conhecia a sua 'veia poética'. Ao ler os poemas coligidos em Simplificar o Complexo e Sublimar o Trivial, que a Edicon edita, entendi (ou: ampliei os meus conhecimentos sobre...) algumas das entrelinhas dos seus outros escritos. E a ler "... flutuando em leveza ouve a mais linda melodia/ não bate em nada e de tudo se desvia/ pura perfeição", leio também a sua mundivivência por um humanismo construtivo, crítico, porque somos nada diante do todo telúrico-cósmico quando não devolvemos a esse berço o amor divino que nos deve(ria) ser bússola existencial.

A poesia é a arte filosófica de ler e expor o mundo que somos no universo que nos condiciona, e quando a pessoa se faz trovadora faz emergir a alquimia do algo que o é porque sabe, não apenas está... E aqui enquadro, qual moldura filosófica, a poética existencial de Masimo Della Justina, por ser ela uma aula d'esperança no 'fado' que cantamos a todo o instante.

Sim, é verdade que "Não há nada que seja tão estranho/ quanto aquilo que é demasiado diferente", canta ele, mas é em tal diferença que buscamos aquilo que o filósofo Sócrates nos legou humildemente: a verdade que somos. Logo, investigar a Vida, como a arte que encontro na poética de Masimo Della Justina, é vivenciar o propósito divino d'alma que se constrói com Amor –, essa poética que tanto nos falta no cotidiano sociopolítico e quase a beirar a autodestruição do que somos além da animalidade, como já previa Espinoza! Ah, e como é bom cantar a Vida com poetas que a vivenciam...

BARCELLOS, João | escritor, pesquisador de história e conferencista.
Cotia/SP-Brasil, Set., 2020.

COISAS, PESSOAS, NATUREZA

Como uma lágrima perdida no universo
de fogo e de força num risco perverso
em ardência avança o meteoro em queda
onde primeiro bater, aí se hospeda

cumprimenta a Terra formando a cratera
assusta em excesso quem não o espera
muitos já caíram, tantos vão cair
surpresa agradável, o que está por vir

meteoro, vulcão, furacão, minha gente
o passado completo está para a frente
matéria, espaço, tempo, a história se faz
o futuro completo está para trás

(MDJ – excerto)

Abelha

Voo com zunido de Babel
corpo em dourado anel
máquina de fazer mel

em comunicação química
a abelha não tem mímica
calcula ângulo e distância
guia-se pela fragrância

com resiliência e diligência
incansável persistência
em coletiva inteligência

admirável operária
vida intensa e temporária
cera, favo e alimentação
néctar e polinização

embrião sem fertilização
extraordinário olfato e visão
reprodutor e protetor zangão

enxame em milhão
coletiva migração
defesa com ferrão
rainha é o centro da atenção

energia para voar
rápida de perder de vista
missão única de trabalhar

pequena, de grande valor
parceira da flor
única, ou em colmeia
tem a natureza como plateia

Abmundsen

Roam com o barco Fram singrou
na conquista do Planalto Polar
antes de qualquer outro chegar
antes de Scott a bandeira fincou

com suficiente provento
ordem e boa preparação
quatro trenós como condução
fez dos cães seu alimento

êxito na expedição polar
paixão pelas águas navegadas
não se intimidou com nada
corajoso pelo gelo e ar

último viking explorador
pesquisador em terras geladas
conquistador de vastidão inabitada
da adversidade feliz desafiador

primeiro na corrida ao Polo Sul
primeiro na corrida ao Polo Norte
nórdico destemido e forte
caído para a morte do céu azul

norueguês respeitado de vez
em missão, aventura, e não castigo
no cortante vento em tenda de abrigo
poucos fizerem o que ele fez

MDJ 05 05 2007
(Homenagem a Roam Amundsen, em visita ao Museu Marítimo de Oslo)

Atividades funcionais de sistemas vivos

Sistema vivo em atividade funcional
controla a troca de energia e material
sintetiza o seu próprio componente
dos materiais disponíveis no ambiente
autoformação, complexidade inteligente

absorve energia vagarosamente
converte-a em trabalhos diferentes
desempenha a síntese controlada
por informação compartilhada
catalisa reações selecionadas

informa o maquinário sintético
para assegurar o uso correto
usa energia em suas atividades
replicação dos materiais celulares
controla atividades vivas em diversidade

preserva a organização e permite a evolução
incluindo o próprio centro de informação
adapta-se a mudanças do ambiente caótico
por replicação reproduz o seu genótipo
manifestada na variação de fenótipos

Avião

Como o voo de pássaro
máquina de alumínio e aço
corre e levanta-se do chão

em linha reta
com fôlego de atleta
no ar segue o avião

Café da manhã

Seis graus e céu azulado
manteiga no pão tostado
rapadura e geleia por cima
verde erva de Santa Catarina
sapecada no barbaquá
café com leite do Paraná
e o dia para enfrentar

Bactéria

Humanos desprezam a bactéria
inteligente forma de matéria
em 24 horas tem-se um milhão
em reprodução por bipartição
às vezes vista com repulsão

flagelo de prótons como motor
no desconforto do invasor
foge do sal, da água e do calor
dá um passo equivalente
a novecentos metros da gente

grande significado em minúsculo traço
em harmonia e compasso
no multiverso sem limite no espaço
como nós tem o direito
à existência sem preconceito

bilhões habitam nosso corpo
nos consomem quando mortos
bactéria milenar
com respeitoso olhar
é possível te admirar

Balalaica

Balalaica triangular
instrumento musical
em três cordas e dedal
ao pôr do sol no Baikal
ao chio do vento no Ural
em paciente dedilhar

alma no inóspito clima
o silêncio das geleiras
lobo astuto e lebre ligeira
cor do fogo da lareira
ouvida na Terra inteira
Rússia melódica em rima

esperança na Revolução
amacia a brutalidade do Czar
aprova as reformas de Gaidar
aquece o frio do ártico polar
a distante Sibéria a alcançar
acompanha o whisky do espião

na cerimônia do ortodoxo patriarca
consola a tristeza profunda
ecoa nas imensas tundras
em tardes de outono em penumbra
com Kapitsa na pesquisa profunda
cúmplice nas trapaças dos oligarcas

adormece a Grande Catarina
contempla as ondas do Mar Negro
no submarino que lança o torpedo
do soldado afasta o medo
musica o vinho do Grande Pedro
embala a dança da Czarina

bizantina e eslava cultura
no batismo de epifania
Pushkin quando a ouvia
de saudades adoecia
como no Volga de águas macias
ameniza o lenhador de vida dura

inspira os escritos de Tolstói
alivia a ansiedade de Gagarin
persuasão nos discursos de Lenin
charme na fúria de Bukharin
ruído nos segredos do Kremlin
com Zykina no Bolshoi

taigas de beleza incrível
minerais, cevada e trigo
pródigo no exílio de castigo
Husky sorrindo como amigo
urso solitário, um perigo
melancolia de Ivã, o terrível

tramoias em São Petersburgo
prelúdio na voz de Ivan Rebroff
negociações de Molotov
Glanost de Gorbachov
xadrez de Kasparov
solidão no Gulag absurdo

embaixadores no Palácio de Inverno
cavalos bufantes na Troika
da Pátria Grande a Guerra heroica
Praça Vermelha em data histórica
grandes discursos de retórica
no Canal Báltico, o inferno

estepes distantes e planas
rajadas de vento infinitas
nostálgicas melodias contritas
frieza militar e mães aflitas
no Cáucaso de guerras atritas
na infindável Transiberiana

de Moscou à Iacútia
nas cidades e no deserto
no Sputnik que deu certo
sempre bom tê-la por perto
melodia de país inquieto
balalaica da Grande Rússia

Barata

Barata sobrevive à hecatombe nuclear
vive por aí há milhões de anos
enquanto o tardio e fraco humano
mal consegue se alimentar

barata não tem preguiça
só usa o necessário
aproveita restos do armário
e também não desperdiça

máquina química de cor verniz
noturna e capaz de rastejar
de voar e na parede andar
até dela sou aprendiz

facilmente se reproduz
onde tem uma, já tem duas
trabalha à noite e fica na sua

barata que ao encanto induz
não respeitada ainda
por mais que assuste, é linda!

Brasília

No paralelo quinze, na linha de Tordesilhas
não é somente o sol que brilha
de lindos lagos e pequenas ilhas
da arquitetura, a maravilha
do Brasil a mais nova filha
aí brilha Brasília

cidade de vida corrida
tanto sonhada e na pressa construída
no meio do cerrado erguida
em tempo recorde concluída
por empreendedores e governantes
candangos e demais migrantes

de uma nova era a Alvorada
os Ministérios na Esplanada
capital federal no Planalto central
no Eixo Monumental
a Rodoviária e a Catedral
e o Supremo Tribunal

plano Piloto com corpo e asas
abriga hotéis, comércio e casas
e a Praça dos Três Poderes
profissionais de variados afazeres
bibliotecas e universidades
na mais planejada das cidades

terra plana e vermelha
ao semiárido se assemelha
nuvens que o sol encobre
de abril a setembro não chove
nem o coco aí se desenvolve
a vida no solo faz o que pode

contorcidas laranjeiras e limoeiros
nada cresce muito ligeiro
plantas precisam ser regadas
exuberante ipê roxo em florada
pouca sombra, nem copa de arbustos
pé da manga e jaca são os mais robustos

ar seco e clima quente
lua brilhante e sol ardente
plantas tortas e ressequidas
savanas de folhas caídas
incontáveis ninhos de formiga
chuvas pesadas, rabeca e cantiga

pistas largas de muitas faixas
savanas de árvores baixas
grama seca de dar dó
até o andar do pé levanta pó
deputados engravatados que só
senadores ranzinzas e xodós

Brasília patrimônio da gente
cocar dos Presidentes
visão de líderes e inconfidentes
sede da Assembleia Constituinte
Voz do Brasil para radiouvintes
pesadelo dos contribuintes

política de negociação
governo de coalizão e sentido de missão
dedicação, mas também corrupção
integridade, mas também subornos
vias e biografias de muitos contornos
de distantes e irritantes retornos

espaços para todos os fins
embaixadas e jardins
criatividade por todo lado
rabiscos bem contornados
quase tudo bem planejado
realeza do concreto armado

não há lugar igual que exista
paraíso de diplomatas e turistas
disputas entre gente esperta
vendedor de rua e sentinela alerta
na concha côncava e convexa
a pressão do povo aperta

Brasília de coisas raras
de burocratas e das cigarras
patrimônio tombado ao mundo sorri
como é bom te sentir
longa vida para ti
"aos ventos que hão de vir"

(pelas ruas de Brasília, 12 07 2014)

Caiçara

O caiçara tem que se mexer na marra
com a vara de pesca de taquara
ao mar com andar de preguiça
ata a isca e de cócoras nada o atiça

evita cansaço e o seu pouco pesca
arredio e sem tédio não se apressa
foge da cidade e campo em vida agitada
vive da água, sem preocupação com nada

peixinho garantido e grama para cortar
no sombreiro, futebol e música a escutar
passos lentos sem muita ocupação
filosofia simples, sem muita complicação

barco, cachorro, amigos são o patrimônio
não teme macumba e nem o demônio
de olho na Teresa do quintal vizinho
mentiroso, trapaceiro e engraçadinho

no boteco e na igreja marca presença
a zona frequenta e causa desavença
palheiro e cigarrinho mendigados com certeza
debocha do compadre que não tem sua esperteza

barbudo, do sol queimado e da vida escaldado
camisa e calça são o guarda-roupa e havaianas, o calçado
umbigo à mostra, camisa aberta e peito cabeludo
andar de magrelo e jeito de piá carçudo

após o almoço nunca fica sem dormir
no fim da tarde conserta o barco para distrair
varre o terreiro e troca a telha a mando da mulher
com a vida ganha, o que mais o caiçara quer?

Camila

Camila, de Cornualha a duquesa
estou aqui em tua defesa
contra a inveja da miudeza

contra ti, em fofocas cegados
os infelizes e fracassados
sonham com o futuro reinado
e deixam a elegância de lado

criticam teu jeito e idade
no silêncio, querem a tua felicidade
ao lado do Charles, a Majestade

comentários não conseguem conter
e vontades não conseguem esconder
da oportunidade que nunca vão ter
de quererem ser você

em residências luxuosas ou remotas aldeias
muitas se esforçam para te achar feia
pois não toleram a felicidade alheia

deprimidos em suas residências
míseros reprovam a tua aparência
esguicham o veneno de jararaca
impiedosos com línguas de matraca

gentalha de mente invejosa
frustrada em fantasias libidinosas
adjetivos maldosos e críticas impiedosas

amor correspondido é a tua vitória
realeza, Camila, não é tua única glória
bilhões de humanos te amam na memória
e assim estarás na História

de todas as pretendentes és, dos olhos, a pupila
sorriso que brilha e cabelo que cintila
tu és a duquesa e feliz Camila

Cão de rua

Corre de lá e para cá, sujo e magro
dia e noite a perambular
dorme em qualquer lugar
maltratado e deixado de lado

é um cão abandonado
resiste à chuva e ao frio
leva sustos de arrepio
e aos gritos é chutado

sem abrigo e sem capricho
dorme ao lado da mendiga
é urbano, mas parece bicho

nem sempre ganha comida
come das latas de lixo
mas é livre e dono da vida

Cascata e cachoeira

Cascatas e cachoeiras
quedas de águas ligeiras
em ribanceiras despencando
em cantos da Terra jorrando

no desnível em queda súbita
cada qual irrepetível e única
filetes de moléculas invisíveis
contar as gotas é impossível

parece uma só e constante
mas muda a cada instante
água diferente que é pouca
parece a mesma, mas já é outra

balançando como cortina
véu branco para cima
sobre as pedras é cascata
volumosa é catarata

águas que despencam das alturas
não têm orgulho nem cultura
sem ambição e sem história
não sentem culpa nem têm memória

cascata dia e noite a precipitar
quanto ainda vai durar?
Nem sabe o que eu faço
ela fica e eu passo...

Cavalo

Mamífero hipomórfico ungulado
cavalo selvagem ou domesticado
na literatura e na música admirado

há quatro mil anos a serviço do humano
da África enxotado pela mosca do sono
no meio dos indígenas não tinha dono

correndo livre na Patagônia e na Mongólia
cavalo é símbolo de força e glória
em momentos decisivos da História

avanço acirrado na raia de corrida
elegância no hipismo da elite enriquecida
cavalo de qualquer cor é parte de nossa vida

mimado por Alexandre, Gengis e Napoleão
orgulho do cowboy e do boiadeiro peão
gaúcho e guaicuru como patrão

velocidade para escapar de predadores
dócil à criança e obediência a domadores
cúmplice forçado dos Conquistadores

já nasce correndo, dorme em pé ou deitado
bagual xucro, ou pônei domado
para qualquer evento disposto e preparado

resistência, força e incisivos para pastar
não ruminante, incapaz de vomitar
Independência e República ajudou a proclamar

submete-se à cela, arreios e chicote
velocidade ímpar e bom de trote
na marcha elegante avança a galope

esqueleto e músculos de força e resistência
utilizado na guerra e pela polícia
na agricultura, transporte e terapia

cavalo não encabrestado pela existência
me ensine a tua paciente resiliência
corra comigo para longe das incongruências

Coisas

Coisas para ter
coisas para fazer

coisas para correr atrás
coisas para ter demais

coisas para acumular
herança para disputar

ter e não ser
equívoco de pretender

por coisas de tudo esquecemos
até a saúde às vezes perdemos

em passos largos por lados corremos
e antes da hora envelhecemos

enriquecemos, existimos e não vivemos
em nome de coisas morremos

coisas tantas para acúmulo
e a única coisa que sobra é o túmulo

Colher

Peça comum é a colher
o mais importante talher
na mão da mãe mulher

do pobre e rico, o instrumento
leva à boca o alimento
do trabalho e do sustento

de plástico, inox, ou prata
quando usada, a fome mata
côncava, de cabo reto ou torto
insere energia no corpo

colher grande, ou colherinha
medida de açúcar, sal, ou farinha
por séculos conhecida
colher é sinônimo de vida

colher, na mão nas refeições
dos humanos em sete bilhões
quando amanhece e anoitece
mas o bilhão que não come
ainda não te conhece

Corda de violino

Corda de violino na mão do músico vibra
ilustra diferentes histórias de vida

à luz de velas, um casal apaixonado
e o brilho das alianças do noivado

apressa a dança do cossaco e ucraniano
toque clássico à debutante de quinze anos

nas noites de Linderness, no arranhar do aprendiz
com o órgão de tubos nas orações na matriz

em noite de lua em Yukatan, aos ventos uivantes
no Saara, Kalahari, Cobi e na Antártica com frio cortante

no hospital psiquiátrico, as mentes alivia
superação na fisioterapia e na clínica de psicologia

nas orquestras dos filmes sobre o rei Artur
ao fone do maquinista carvoeiro no Ruhr

no rock pesado que canta sagas de Vikings e Celtas
conforta quando o amado não chega na hora certa

nas noites quentes com o solitário o recém-divorciado
acompanha o acordeão, piano, violão, bateria e teclado

tom na inauguração e nos estúdios de gravação
na cremação e na apreensão na decolagem do avião

com Sibelius e Grieg, por independência nacional
na confissão e na adoração ao santíssimo na catedral

parceiro do violoncelo, flauta e gaita do escocês
admirado pelo letrado, favelado e burguês

melodia de sangue do cigano com anel e dente de ouro
arranca arrepio só provocados pelo bufar do touro

no circo chinês, balé Russo e Ópera de Viena
morde o coração com força de dente de hiena

nas mãos de Paganini, Vivaldi, Sarasate, Corelli
com Mozart, Beethoven, Rieu e Boticelli

com Liszt, Tchaikovsky, Pavarotti e Mendelssohn
Brahms, Bach, Händel e Schumann

nos dedos do músico desconhecido que parece amigo
alegras bilhões de vidas que não têm nada a ver contigo

Deserto

Deserto a céu aberto
longe de tudo, nada perto
clima e secura sem piedade
de areia, a tempestade
amedrontante quietude
resiliência e solitude

deserto à vida hostil
no calor e no frio
temperaturas alternadas
rotas e direções sem estradas
Antártico, Kavir e Patagônia
Fênix, Tucson e Mauritânia

estrelas que guiam na noite fria
luz confortável do raiar do dia
ao meio-dia já é escaldante
de vista se perdem os horizontes
caminhante estonteante, sem sul ou norte
com a boca seca, encontra a morte

deserto de camelos e dromedários
tuaregues, beduínos e mercenários
solitários com cargas e sem pressa
vento com fina areia na testa
esconde-se a aranha e rasteja a cobra
as vezes só a sorte sobra

nômades, escravos e comerciantes
destemidos seguem adiante
migrantes a pé vagueiam
entre desfiladeiros e dunas de areia
pés nas trilhas deixam marcas
mortos aí ficam em carcaças

deserto com vagarosa caravana
noites a fio e sem cama
também não há rede
só rajadas, calor e sede
lua que brilha sobre a cabana
no mais seco Atacama

deserto de miragens e oásis
do avestruz no Namib e Kalahari
rota do comércio no Mali
o canto profundo do Rub´al Khali
de longas distâncias no Saara
sem nuvens e o sol na cara

deserto de Gobi e dos Himalaias
Karakum, Taklamakan e Austrália
Ártico, Sinai, Líbia e Síria
Nazca, Uyuni e Grande Bacia
sem sombra tão desejada
só o silêncio e mais nada

sem uma árvore sequer
cada passo coragem requer
de dia o sol escaldante
à noite o vento cortante
de Marco Polo, Rommel e Lourenço
deserto sem distância e nem tempo

Empregada doméstica

Empregada em ambientes onde jamais entraria
submete-se a situações que não toleraria
sob ordens de patroas, pretensas aristocratas
em mansões com louça de luxo e talheres de prata

tira o pó de piano que seus filhos não têm
em quartos de luxo que seus filhos nunca veem
sob o olhar arrogante de patrões e senhores
transforma a exploração em aroma de flores

trabalho em conforto longe do mundo bruto
tolera patrão velhaco e pretenso astuto
desconfortável ao olhar debochado
da patroa mal-amada
na busca do sustento,
faz de conta que não é nada

servidão doméstica, quase extinta no ocidente
mania de novos ricos e de classe média ascendente
pretensa monarquia de classes sociais estratificadas
concentração de riqueza e de relação superada

donos de tudo sem saberem ser pais e nem mães
ausentes do lar em suas importantes ocupações
terceirizam o pouco amor que seus filhos recebem
confiam aos pobres a sua prole e sequer percebem

famílias de pouca opulência, que precisam esnobar
diminuídos com o trabalho,
as mãos não querem sujar
em superioridade escondem a empregada pobre
envergonhados dela na presença de visitas esnobes

pretensos nobres que não arrumam suas camas
não limpam vidraças e nem cortam a grama
filhos presunçosos que boas maneiras têm poucas
empregada envergonhada lhes lava e passa a roupa

empregada em casas exageradas, mas vazias
resquícios da escravidão que já havia
mistura entre pobres e ricos em mútua precisão
na sua dignidade, a empregada é dona do coração

Energia elétrica

Com o Sol brilhando todos os dias
com tanto vento soprando
força eletromagnética sobrando
ainda temos insuficiência de energia?

desinteresse total em energia renovável
cada qual em sua casa poderia
produzir sua própria energia
teimosos, insistimos na energia esgotável

preferimos ser escravos de governos vadios
hidroelétricas continuam as usinas
crescente demanda sobrecarregando turbinas
dependemos de milhares de quilômetros de fios

energia nas casas depender de política
escuridão e crise energética?
E tudo na mão, que coisa patética!
Masoquismo prazeroso de crise cíclica

Feira do inverno

Mais movimentada que velório
feira do Inverno na Praça Osório
acarajé e pinhão
gemada no quentão

frio e feira
comida boa que cheira
tudo a todo vapor
que sabor!

Flor

Flor amarela, azul, branca, ou vermelha
lilás, roxa, preta, encanto sem letras
mel para o morcego, beija-flor e abelha
irresistível à mamangaba e à borboleta
rosa, crisântemo, hibisco ou jasmim
coletânea que se apelida jardim

flor reconhecida pelo perfume e cor
balançada aos pulos apressados do esquilo
soma diversificada de beleza e valor
com arranjos dos mais criativos estilos
símbolo de amor, alegria, pureza e bondade
admiração sem lugar e nem idade

flor que conforta o doente no leito do hospital
emoção no berço do nascido chegado
disfarça a perda e ornamenta o funeral
sempre presente no batizado e noivado
enfeite da Igreja e restaurante no casamento
celebração e confirmação do sacramento

flor para Iemanjá, que flutua no mar
aos pés do monumento e no canteiro da praça
no agradecimento a comemoração no jantar
na desculpa e reconciliação, o medo disfarça
solitária na tumba, recepção e lugar sagrado
na mesa de negociação entre chefes de Estado

flor que acompanha o reencontro e a formatura
ao diretor de teatro e ao maestro da orquestra
no dia das mães, pais e namorados é uma loucura
quieta no auditório em palestra e no salão de festa
nos braços, no portão da liberdade, na saída da prisão
flor, essa coisa que se confunde com o coração

Folha branca

Folha branca de papel
neutra e não interfere
onde tudo se escreve
e a letra é fiel

palavras que expressam posturas
a tinta escrita sem receio aceita
palavras inocentes, amigas e perfeitas
escritas sábias e coisas burras

folha registra o que escrevemos
com palavras mil e tantas
acervo de tudo o que sabemos

folha com letras e lembranças
é a maior riqueza que temos
guardiã da nossa herança

Folha de grama

Aquele que diz que nunca viu Deus
com a verdade pouco se importa
é um orgulhoso e tremendo idiota
obscuro semelhante a outros seus

na maioria, as pessoas são ignorantes
sem esforço para admirar as evidências
da matéria e vidas explicadas pela ciência
presunçosas, preguiçosas e arrogantes

matéria, tempo, intenção, criação e evolução
quando uma folha de grama alguém bem olhar
e entender tudo o que ali está
poderá se proclamar um ser racional, só então

Folha de outono

Folha da árvore desprendida
no chão caída
morta e sem vida
pisoteada e varrida

folha de um só ano de idade
único outono a maturidade
tens aí toda a felicidade
como sabes tudo o que fazes?

Tempo de vida tenho tanto
com tantos outonos
de acertos e enganos
de alegrias e prantos

folha se me comparo a ti
com o tempo que tive até aqui
o que foi tudo o que fiz?
Sou também assim feliz?

Frutas

Verdes, vermelhas, lisas e arrepiadas
na beira do rio e no barranco da estrada
frutas silvestres, ou de pomar
onde se encontram é gostoso apanhar

castanha, coco e araçá
pêssego, ameixa, buriti e ingá
banana, dendê e guaraná
marmelo, melancia e maracujá

morango, amora e poncã
pera, uva, pinhão e maçã
melão, tâmara e romã
araticum, amarula, noz-pecã

doce, azeda, ou bem madura
fruta de casca fácil e de casca dura
de algumas a casca nem se tira
e tem as escondidas pelo Curupira

figo, laranja e guabiroba
mamão, groselha e graviola
jaca, cupuaçu e carambola

framboesa, damasco e cereja
manga no chão, ou na bandeja
frutas sobre a toalha da mesa

azeitona, tangerina e goiaba
fruta em bocada, suco, ou salada
saúde grande, custo pouco, quase nada

jujuba, abacate e abacaxi
jabuticaba, lichia, cacau e caqui
acerola, pêssego, noz e kiwi

trufas, lima e limão
damasco e mamão
quine, açaí, cereja e fruta-pão
bagas e cachos que enchem a mão

gostosura de polpa e semente
doçura que enche a boca da gente
na fruteira festeja o passarinho
à sombra o animal e, no pé, o menininho

contendo minerais e vitaminas
vida de avós, pais, adultos e meninas
atração que quase vicia
qualquer fruta nos delicia

História de um grão de areia

Grão de areia na torre misturado
antes da pedra pelo vento soprado
até ser desprendido e separado
pela chuva e ao córrego levado

pela correnteza, distâncias arrastado
no leito do rio, por séculos sedimentado
recentemente, por humanos dragado
na torre da igreja tem outro significado

grão de areia quantos anos ele tem?
No menor tempo também
para onde vai e de onde vem
no menor movimento e nada além

no tempo, movimento e menor porção
único grão serve uma Intenção
da Criação com Evolução
grão minúsculo que Deus tem na mão

MDJ 22.09. 2012
São Bento do Sul, SC no pátio da Igreja Luterana, em noite de luar

Hunger

It is not from today
it shan't be the last day
it may yet be for as long as always
dreadful ghost slender
one's life plunderer
shameful disgusting hunger

Koto e Guzheng

A lembrança que sempre vem
mas ainda bem
que o Guzheng e o Koto me confortam
com leveza me transportam
e a mente
vagueia para o Oriente

Lágrima

Olhos aflitos a lacrimejar
do infeliz a chorar
e nada parece consolar
lágrimas para aliviar servem
angústia que não consegue
de olhos que saltar parecem

lágrimas por palavras generosas
olhos encharcados em situações dolorosas
em gratidão por atitudes generosas
daquele que do abandono padece
amargadas pelo acusado que o castigo merece
do presidiário solitário, quando escurece

lágrimas solitárias da viúva silenciosa
da morte que se avizinha para a idosa
do abraço de pessoas bondosas
daquele que perdeu tudo o que tinha
felicidade dos pais no casamento da filha
pupilas em alegria de quem compartilha

lágrimas soltas na descida do caixão
em olhos aguados de lacrimação
com gotas espalhadas na palma da mão
rosto molhado de quem se entristece
de entes queridos que em choro padecem
da perda e da volta que nunca acontece

lágrimas de crocodilo do fingido ardiloso
na face empedrada de olhos secos e raivosos
ausentes como o remorso do criminoso
presentes na culpa e acusação
do arrependimento e remorso da delação
da incompreensível e imperdoável traição

lágrimas encomendadas à carpideira
de soluço e solidão aos pés da lareira
olhos sem brilhos em choradeira
de cansaço e fome do andarilho
dos emocionados no nascimento do filho
de êxtase com olhos em brilho

lágrimas arrancadas da dor insuportável
da destruição absurda e irreparável
causada pela ganância e inveja abominável
gotas humanas atraídas pela gravidade da Terra
olhos das mães que perdem o filho na guerra
pela ausência da paz e justiça em espera

lágrimas incontidas quando alguém vai embora
recorrentes na ausência, vazio e demora
vale inundado por cada lágrima que chora
em portas trancadas que ninguém sabe
consolam a distância, a falta e a saudade
lubrificam a contrariada vontade

lágrimas silenciosas no abandono de Jó
dos infelizes de quem ninguém tem dó
derramadas com a garganta em nó
lágrimas disfarçadas ou incontroláveis
aparadas ao ombro com palavras afáveis
e tantas ao chão caem irreparáveis

lágrimas de Verônica no calvário
e aos pés da cruz sem entalho
e aquelas da noite que viram orvalho
lágrimas contidas pela apropriada cantiga
fluido em soluços ante a palavra amiga
também no reencontro da paixão antiga

lágrimas espontâneas, ou pela situação
emoção transformada em secreção
com lábios apertados e desolado coração
ninguém é tão forte para nunca chorar
cascatas em gotas que conseguem regar
os olhos e a alma conseguem lubrificar

Lobo solitário

Em solitude introvertida
perambulante noturno
hermético e taciturno
com próprio estilo de vida

lobo humano ou animal
ultrasensível ou obtuso
como eremita recluso
desgarrado do social

incansável nas idas e vindas
feliz em seu próprio mundo
de nada e de ninguém precisa

sem destino e vagabundo
não fere, nem tem feridas
enfim se esvai, solitário e moribundo

Lua cheia

Lua cheia que a noite clareia
brilha como o toque da camareira

sob leões que rugem e baleias que pulam
lobos que uivam e aves que ululam

por trás das nuvens se esconde
em Oslo ilumina o noturno bonde

da Sibéria às Cordilheiras ilumina faces faceiras
no Xingu e na Austrália em danças da fogueira

ilumina as roseiras que ao vento balançam
e folhas das árvores que ao sopro dançam

brilha sobre o Nilo e vulcões dormentes
ilumina pedras de riachos de águas correntes

presencia no banco da praça os namorados
que se abraçam
e os cruzamentos das autoestradas que se entrelaçam

ilumina o bêbado que na calçada dorme
e o sentinela do palácio em uniforme

brilha sobre o navio no porto atracado
sem invadir vidas que dormem sob o telhado

ilumina o parto da zebra que na África dá vida
e o avião no aeroporto em partida

brilha sobre o cavaleiro madrinheiro
na companhia lenta do cão perdigueiro

brilha sobre a estrada de ferro e
a locomotiva que corre
sobre a vaca que pasta silenciosa
e a abelha que morre

luar sobre as plataformas petrolíferas em alto mar
sobre o pescador a madrugar

dentre os galhos da árvore brilha
sobre a fêmea prenha
lua cheia, preâmbulo de chuva em senha

irradia sobre as pirâmides egípcias e guatemaltecas
sobre a Cidade Proibida e ruínas romanas e astecas

ilumina fronhas e meias no varal do chalé
e o gato que dorme no quentinho da chaminé

em fiordes, vales e montanhas
a lua cheia presencia façanhas

luz fria, ilumina o planeta tão pequenino
luar carinhoso e silencioso é um mimo

Macaco, candidato a humano

A Humano sou candidato
até agora, macaco velhaco
desonesto e desmiolado nato
desregrado e sem princípios
asqueroso e cheio de vícios

humano é autêntico na medida
meu modelo e guia de vida
ajude-me a sair da angústia sofrida
dar um salto para a civilização
ter consciência e coração

vote em mim para assim me permitir
princípios humanos seguir
no mandato deixarei de mentir
ser grosso, agredir e magoar
e sem remorso ao matar

não vou mais guerrear
causar poluição e desmatar
corrupção e favoritismo buscar
deixarei de praticar pedofilia
e violência em nome da ideologia

deixarei de ser falso e invejoso
ignorante e preguiçoso
mentiroso e presunçoso
macaco avarento e egoísta
machista, sádico e masoquista

passarei a honrar contratos
não trapacear e honrar tributos no ato
nem fofocar ou praticar tráfico
o que não me pertence não furtar
os direitos humanos respeitar

não vou mais poluir o ambiente
– mas viver como gente
ser livre de entorpecentes –
nem destruir a terra com erosão
nem comer de graça na prisão

se eleito, não matar a sangue frio
nem cometer crimes de dar arrepio
não mais ser autoritário e arredio
parar de ser cínico e fazer mal
como se isso fosse normal

uma vez humano, leis vou respeitar
na fila minha vez vou aguardar
nenhum recurso público irei roubar
deixarei de ser demagogo no púlpito
e sofrerei de um bem súbito

atenda esse selvagem contrito
dê uma chance a um macaco aflito
coisa triste é essa de ser macaco
de nada serve continuar velhaco
ser pré-humano e fraco

eleja esse macaco pirado
primata primitivo, sem ética e virado
para a condição humana elevado
para à civilização pertencer
e bom mandato exercer

Macrotempo e microverso para humanos microtempo e multiverso para a natureza

Nas referências de tempo e de matéria
natureza e humanos seguem diferentes critérios
nossa unidade de tempo é grande no hemisfério
relógio de segundos e base seis dos Sumérios
não usado por moléculas, galáxias e bactérias

a real natureza é verdadeira referência de mundo
nossa referência é ficção mental, ilusória e paralela
vibrações naturais são independentes de eras
em todos as direções e dimensões da esfera
em microtempo $1/10^{24}$ de nosso segundo

só vemos a matéria e o tempo no microverso
espaços e tempos ainda desconhecemos
nem do mais próximo planeta sabemos
enclausurados, nem capacidade para isso temos
para vermos o multiverso mais complexo

Mãe natureza

Na paciência da Mãe Natureza
tudo é feito na mais tenra lerdeza
tudo no seu lugar com intenção
sem esperteza nem tapeação
sem o descaso ou o assombro
completo encanto do vislumbro

bactéria, vírus e fungo
alga, líquen e musgo
microrganismos e grandes animais
gases, vegetais e minerais
não admirar é insensatez
depredá-los é pequenez

animais selvagens e domesticados
bem cuidados, ou abandonados
répteis, aquáticos e voadores
insetos, mamíferos e roedores
repulsam por odor e ferocidade
atraem por perfume e beldade

mesmo com ciclo alimentar e desavenças
mesmo como causa das doenças
até o tumor de estranheza e tristeza
são imagens da perfeita Beleza
compartilhamento equilibrado da Criação
matéria, reflexo visível da Perfeição

Mato Grosso

Chapadas e planaltos
rios curvos, cachoeiras e saltos
planícies e relevos altos
pedras e depressões
Parecis e Guimarães

bacias hidrográficas e banhados
Pantanal e cerrado
milhões de anos alagados
sol escaldante em cada dia
vento refrescante em noite fria

Mato Grosso de terra encantada
canto da seriema maquiada
povo que não teme nada
gentileza, mestiçagem e latifúndio
outro Brasil, outro mundo

plantas baixas e contorcidas
gramas esparsas e ressequidas
estrelas brilhantes no céu escuro
em descampados de ar puro
com chão seco e duro

na imensidão plana do cerrado
o encanto quase sagrado
do visitante admirado
na visão infinita das chapadas
crepúsculo e alvorada

teiú e marreca-cabocla
caldo, rapadura e água na boca
tererê, berrante e boiada não pouca
mojica, mandioca e farinha torrada
arroz com pequi, paçoca e feijoada

Paraguai, Piqueri e Xingu
Juruena, Guaporé e arara-azul
sabiá, tatu-canastra e furrundu
aracuã, tiê e tucano-toco
terra de fronteira e sonho louco

cervo, quati e jaguatirica
aranha e pernilongo que picam
fluxo do rio que a gravidade indica
desmatamento, queimadas e poluição
ardem o olho e trancam a respiração

jacaré e tamanduá-bandeira
capivara e lagartixa ligeira
do rio à beira balança a figueira
príncipe chamado pássaro-verão
príncipe-negro e pinto-joão

ema de pernas compridas
garça avistada distante perdida
símbolos supremos da vida
mangueira verde e exuberante
plantações e pecuária pujantes

a presa desavisada
na mata fechada
formiga e onça pintada
com astúcia espreita
na estrada estreita

futebol, igrejas e escolas
bêbado de boteco que amola
de coxo é a viola
rios de águas sujas
do buraco espia a coruja

distâncias e sol que queima
desbravador amazônico teima
rochas brutas e seriema
sem plantas e sem terra
sertão que o progresso espera

canoa, balsa e cargas navegadas
caminhão em estradas empoeiradas
carro de boi de eras passadas
caminhonete de gente trabalhadeira
construções, trator e colheitadeira

Arinos, Araguaia e Coxipó
galo que canta e porco carijó
cururu e centenários Vô e Vó
lagarto, cana, soja e milho
grilos e ninhos de passarinho

jacu, pacu, piraputanga e dourado
cachara, piranha e pintado
indígenas invadidos e deslocados
disputa de terras e caça ilegal
erosão e descuidado ambiental

no calor escaldante de agosto
de chapéu largo e disposto
trabalha arduamente, o caboclo
de abril a setembro a seca
silencia o coaxar da perereca

de outubro a abril a chuva sem parar
em Sinop, Rondonópolis e Cuiabá
fumo de corda e pó de guaraná
caju, tuiuiú e sucuri-amarela
todos parte da colorida aquarela

MDJ, Cuiabá, 31 julho 2015

Melodia da água

Melodia em cada gota a pingar
água da chuva e da torneira
riacho, cascata e cachoeira
córrego, lago, rio e mar

líquida nos trópicos e gelo nos polos
orvalho, nuvem, neblina e fluídos
a fenda penetra sem ruído
silenciosa no oceano e subsolo

derretimento em pingos e gotículas
água fervente em vapor que chia
hidrogênio e oxigênio em partículas

ondeada e quebradiça melodia
barulhinho de cada gota rítmica
na Terra inteira em sinfonia

Melodias do Rio Uruguai

Artérias em férteis terras
em vales, banhados e serras
chalana lenta e margem longa
sapucai, pajada e milonga

rio de fronteira, cúmbia e malambo
chamamé, candombe e tango
murga, guarânia e águas barrentas
erva-mate e lamas grudentas

churrasco, boleado e vanerão
boleadeira, harpa, gaita e chimarrão
guitarão, laço, bombacha e frio
bandoneón, cupincha e bugio

gaudério, poncho e carneiro
rancheira, guaicuru e boi ligeiro
entrevero, chimarrita e xote
caudilho, bagual xucro em pinote

açoiteira, galpão, pericón e vento
balaio, arreio, chinoca e lenço
paisito de rio que devagar avança
Uruguai em melodia e dança

MDJ
Montevideo, janeiro 2019

Mendigo

Mendigo, sujo de odor nojento
atrapalha o nosso perfume
comendo restos em azedume
fingimos desconforto, ao vê-lo ao relento

saciados na churrascaria e pizzaria
jogamos para ele miúdos centavos
empanturrados e nos sentindo culpados
e nos confortamos em mesquinharia

dorme na porta da loja, jardim e calçada
vive em praça, ponte, ou estação
na caixa de papelão, castigado no frio do chão
perambula por aí na madrugada

para ele não existe governo
nem shoppings, nem ciência
só a dor do preconceito e indigência
só lhe resta o desprezo

corpo em cobertor sujo envolto
andar cambaleante de viva tragédia
como andarilho da Peste da Idade Média
morto-vivo entre nós aí solto

se no lugar dele em empatia
não consigo me imaginar
e sou incapaz de me indignar
é farisaica a minha simpatia

Menina do lacinho

Menina do lacinho preso no cabelinho
umbigo de fora da curta blusinha
saia curta, aparecendo a calcinha
pezinhos juntos, em brancos sapatinhos

viverá em outra era
quantos filhos terá?
Quão feliz esposa será?
Que futuro a espera?

Pequenina, constrangida e envergonhada
cabisbaixa de olhos semierguidos
desconfiada à saia da mãe agarrada

suspeita do alheio sorriso
boneca no chão e mãozinhas cruzadas
infância, ensaio do futuro paraíso

Meteoro, lágrima do universo

Como uma lágrima perdida no universo
de fogo e de força num risco perverso
ardente, avança o meteoro em queda
onde primeiro bate, aí se hospeda

cumprimenta a Terra e forma a cratera
assusta quem não o espera
muitos já caíram, tantos ainda irão cair
surpresa agradável, o que está por vir

o planeta na paciência é lapidado
mas não deixa a violência de lado
calmaria aparente; de repente, a turbulência
vegetais, animais e minerais, assim devem a existência

força de cima é o meteoro e de baixo é o vulcão
ondas de tsunami e força dos lados do furacão
tremem o chão, espalhando pânico
barulho criador, em som dinâmico

meteoro, vulcão, furacão, tsunami de repente
o passado completo está para a frente
matéria, espaço, tempo e a história se faz
o futuro completo está para trás

MDJ 16.02.2013
No dia da queda do meteorito sobre a Rússia
Incluir ilustração trigonométrica

Mosca

Mosca, entre todos, o mais ambientalista
dos insetos encabeça minha lista

alimenta-se de tudo e não desperdiça nada
não apresenta razões para ser tão odiada

a morte de outro animal é a primeira a anunciar
recicla restos deixados, sem nada depredar

é silenciosa, voo rápido e faro aguçado
tem olhos que enxergam para todos os lados

fertiliza voando, deixando a todos boquiabertos
mesmo assim, poucos querem tê-la por perto

faz cócegas ao pousar e estonteia gato e cão ao voar
mas na mesa da refeição é onde mais consegue irritar

do cocô ao bolo prefere qualquer sabor
adora o açúcar e não inala odor

uma bactéria aqui e outra ali é capaz de espalhar
mas nem tanta doença assim é capaz de carregar

animalia, arthropoda, insecta, díptera, estética
cyclorrhapha, muscidae, musca doméstica

vive um mês e a outras dá a oportunidade
odiar a mosca é uma barbaridade

Nadia e Inessa

Em preparação no exílio
a Rússia implorando auxílio
do carisma e liderança
no futuro a confiança
dois amores de Vladimir
a nenhuma queria trair
três unidos pela Revolução
divididos no coração

Nádia, esposa e tradutora
idealista e professora
relação mais profissional
do que íntima e marital
mulher de fortes convicções
opinião certa nas decisões
boa moça para bom rapaz
a tiroide a torna incapaz

Inessa, de amor livre e esclarecida
acolheu mulheres destituídas
ao ter certeza que Lenin a amava
nada forçou, pois isso já bastava
em centenas de cartas escritas
coisas somente a ela ditas
para preservar o Partido
esse affair foi escondido

Inessa com diferença de idade
à Nádia manteve fidelidade
Nádia que tudo sabia
com grandeza compreendia
sabendo que já era hora
até propôs ir embora
Vladimir pediu-lhe que ficasse
mesmo que piano não tocasse

ainda que as duas amasse
controlou-se com classe
no seu íntimo não cedia
à moral da burguesia
para Moscou no famoso trem
ninguém era de ninguém
a cólera Inessa levou
Nádia de seus filhos cuidou

com o feminismo comprometidas
duas mulheres únicas em vida
entre causas e Lenin sem fadiga
mesmo assim sempre amigas
exílio, Sibéria e vida agitada
morreu cedo o camarada
incansável para construir a Arcádia
coração entre Rússia, Inessa e Nádia

Natureza em terremoto

Sentimentalistas e outros na lista
jornalistas e alarmistas
e apressados analistas
apavorados com catástrofe
culpam o próprio desastre

pobres, sempre os mais castigados
em lugares inseguros evitados
pelos miseráveis habitados
por séculos os piores lugares sobraram
e os excluídos aí habitaram

somente o tempo vai ensinar
ao humano que continua a habitar
a toda hora e em todo lugar
no planeta cada metro quadrado
pelo desastre pode ser castigado

tsunamis, terremotos e vulcões
estiagens, vendavais e inundações
pântanos, pragas, doenças e furacões
contra eles não vale a esperteza
triunfa a soberania da Natureza

MDJ 27 04 2015
(por ocasião do Terremoto do Nepal)

Neve 2013

Flutuando ao vento, flocos cobrem pastagens
olhos se arregalam e a curiosidade ferve
todos na janela em euforia para ver a neve
alvejadas plantas em mudada paisagem

touca na cabeça, frio desafiado que agora venha
vinho, sopa, polenta, quentão e chimarrão
poucos conseguem trabalhar com tanta excitação
pés frios em volta da lareira e do fogão a lenha

cobre o jardim e telhas e em frente à garagem
veículos deslizantes como se fossem troica
passageira, mas a memória guardará as imagens

visita do Papa e novo príncipe em semana histórica
nunca antes vista, de alegria é a sua mensagem
em bonecos inesquecíveis, a neve já é folclórica

MDJ 23.07.2013
(dia em que a neve veio)

Niemeyer

Inspirado nas ondas do mar
e nas curvas da mulher preferida
com o bico da pena se pôs a desenhar
e seu nome tornou-se maior que a vida

MDJ, por ocasião da morte de Oscar Niemeyer em 05 de dezembro de 2012

Oceanos

Oceanos aí tão calmos
com jeito de grandes lagos
às vidas marinas dão afagos
em raros naufrágios

mas quando se manifestam
a sua força atestam
em tsunami, ou tempestade
impõem medo e calamidade

Nuvem

Nuvem, água evaporada que flutua
brinca de esconder o Sol e a Lua
nuvem de movimentos que não se ouvem
de cima espia os afazeres dos homens

nuvem alongada, rabo de galo, branca ou escura
de formatos diversos que não duram
nuvem bem miúda pinga na goteira
e de manhã brilha no orvalho da roseira

nuvem, limite do infinito
do olhar perdido no horizonte do aflito
nuvem ausente no deserto
longe do beduíno que a quer por perto

nuvem que rápido se forma e ligeiro se dissipa
a outras se aglomera e em chuva se precipita
nuvem como flocos de neve e lã de cordeirinhos
contraste visível com o voo dos passarinhos

nuvem de fascinante e flutuante plumagem
no movimento do vento em mutantes imagens
nuvem de fundo anil e cegante cor alva de lençol
desenho áureo na aurora e no pôr do sol

nuvem, nunca a mesma e em constante mutação
penetra a planta e é bem-vinda no verão
nuvem que no inverno amplia o frio
escorre pela torneira para o fluxo do rio

nuvem aliada da sombrinha e do chapéu
hidrogênio e oxigênio nas alturas dos céus
nuvem, guardadora de tantos mistérios
que se desfaz a seus próprios critérios

Oito de Março
Dia da Mulher

Mulher, expressão de decência
com qualquer renda e atividade
em qualquer estado civil ou idade
não importa o traje ou aparência

mulher em ostentação, ou simplicidade
compreensiva e cheia de clemência
espelho de Maria em paciência
em qualquer cultura e adversidade

mulher, poço de conforto e generosa
com qualquer grau de escolaridade
em qualquer etnia é sempre bondosa

mãe em qualquer grau de maturidade
criança, adolescente, jovem ou idosa
cada mulher tem a sagrada dignidade

Orvalho

Sereno, a difusão em vapor
umidade precipitada por condensação
na oposta direção da evaporação
sobre a folha, capim e pétala da flor

vapor em ponto de saturação
Zeus com a Lua, o seu genitor
no Atacama e Namib o provedor
no Negev a condensação por difusão

aljofre, vapor de água retido
redondo na clara noite na planície
baixa energia em ambiente adormecido

rocio, ar resfriado na superfície
gotícula do jardim amanhecido
brilhante, ao sol manso, em meiguice

Pai

Pai letrado e pai analfabeto
ser bondoso de ter por perto
autoridade e proteção
afeto sem apreensão

pai rico e pai pobre
pai camponês e pai nobre
pai vivo e pai falecido
Pai lembrado e pai esquecido

pai novinho e pai idoso
pai sovina e pai generoso
pai biológico e padrasto
pai com sabedoria em seu rastro

pai maltrapilho e pai bem vestido
pai odiado e pai querido
pai alto e pai baixinho
pai gorducho e pai magrinho

pai presente e pai ausente
pai deprimido e pai sorridente
pai parte do ninho
da esposa, filhas e filhos

pai cansado e pai ativo
pai eterno, enquanto vivo

a cada pai infinita alegria
no seu merecido dia e cada dia

Passos

Milhões de passos em cada ano
carregam o corpo avançando

passos daqui para a distância
até a velhice desde a infância

passos da bailarina e do ricaço
em sapatilhas e sapatos

passos descalços do mendigo
de vida pródiga em castigo

passos seguros em compasso
do soldado e do bebaço

passos de pobres e de oligarcas
no chão deixam marcas

passos certos ou errados
em destino escolhido ou empurrado

passos de trajetória
em cada momento da História

imagine cada passo dado
sempre em busca de algo

Milhões de passos de longa caminhada
de vida única em jornada

Pé

Pé de cinco dedos
por tudo caminha sem medo
pé calçado e pé descalço
passo sem pressa, ou grande passo

a todos os lugares leva o corpo
pé certinho ou pé torto
pé de chulé e pé perfeito
pé esquerdo e pé direito

pé nunca reconhecido
escalda-pés merecido
pé campeão de corrida
carrega a história de cada vida

pé que anda nem sabe por onde
pé pequeno e pé grande
pé de gueixa e pé de artilheiro
pé de Rabino e pé de guerrilheiro

pé que o corpo todo sustenta
chuta a pedra que o enfrenta
pé de trabalhador e pé de soldado
quase sempre maltratado

calçado apertado e flagelo
pé de grã-fino e pé de chinelo
guarda segredo do dono consigo
faz o corpo correr do perigo

segue o corpo apressado
quase sempre escondido
parte do corpo esquecida
traz na volta e leva na ida

não se importa por onde pisa
sobe escada e na calçada desliza
pé que se mexe enquanto dorme
pé que fica em pé quando o corpo morre

Pedra

Pedra que é do rim
e que dói no miudinho
um dia tem um finzinho
vez por todas tem saída

pedra que é do cachimbo
entra no sapato, tão assim
bloqueia o caminho
e consome a vida

Rato

O rato quando come queijo
já pensa que é gato
mas contra o seu desejo
logo volta para o buraco

em paredes sem azulejos
vizinho do percevejo
na vida de brejo em pelejo
no seu diário, seu parco naco

Pedrinha da calçada

Pedrinha, entre muitas, na calçada
pisoteada por pessoas apressadas

não lhe dão trégua os que noite e dia
sem dó a pisoteiam na correria

mãe aflita para as contas pagar
jovem apressada para o ônibus tomar

criança que do pai se perdeu
viciado que se converteu

médico que vai para o consultório
farmacêutico que volta do laboratório

advogado que no Tribunal triunfou
vestibulando que a vaga conquistou

noivos exaltados com a compra dos anéis
sapatos tropicais de bordéis

sossegado tomador de cafezinho
menina que deixa cair o biquinho

andante roubado pelo malandro
maluco que sozinho fica falando

falso profeta pregador do fim do mundo
idosa que dá bronca em vagabundo

imigrante que não entende o idioma
cego castigado pelo glaucoma

barata e rato na madrugada em escuridão
seguidor Hare Krishna de pé no chão

chiclete de um mal-educado
cuspe de um incivilizado

cão de rua que aí faz xixi
moeda que alguém deixou cair

sola de coturno do policial
bugigangas do vendedor informal

desprezada pedrinha útil
presencias histórias fúteis

tens muito ainda que aguentar
e histórias longas para contar

Pepita e perfume

No mundo sozinho e sem rumo
fora do nível e do prumo
por tantos perigos atraído
por aí meio perdido

alguém querendo conhecer
coisas tantas querendo fazer
tanto amor para dar
buscando alguém para amar

até que um dia, num lugar, o olhar
entre tantas lindas te vi lá
coração indefeso invadido
amor escondido por ti acolhido

todo o amor que eu tinha reservado
para a Humanidade, bem guardado
e que o tempo só fez crescer
guardei só para você

pepita grande em pequena peneira
você me vale a Terra inteira
como a flor em perfume
cheia de amor e sem ciúmes

mãos unidas para amar
até o momento de o sol baixar
vida longa para juntos envelhecer
até o primeiro de nós morrer

Pequenez humana ante a formiga

O humano corrupto e ciumento
a formiga organizada e cooperativa
a formiga trabalhadora e construtiva
o humano egoísta, invejoso e violento

o humano avarento, em ambição e morte
a formiga se assemelha à abelha e ao cupim
a formiga trabalha noite e dia e faz bem assim
o humano tira do outro a sorte

a formiga, quase perfeita, faz o tudo com elegância
o humano avarento cria a anarquia
a formiga exerce função hierárquica com harmonia
o humano se diz racional, mas age com ignorância

enquanto teimamos em desavenças antigas
enquanto formos civilizados só no nome
enquanto um só ser humano passar fome
nosso sistema será inferior ao das formigas

Planeta

Planeta que gira, gira
nunca visitou seu vizinho
será que está sozinho?
Na diversidade que inspira

somos incompletos no miudinho
num cantinho da grande fronteira
simples pó da galáctica poeira
do multiverso somos um pouquinho

diversidade que o planeta tem
gravidade e sincronia na esfera
multiplicidade mineral e vegetal também

fascinante vida animal na Terra
tudo vai além, em dias que vão e vêm
nesta e em novas eras

Planeta e goiaba

Qual o significado de tudo
entre a ciência e o conto de fada
da sensação de plenitude ou de nada
da diferença entre a goiaba e Saturno?

O que dá sentido e traz alegria
arte, trabalho ou esporte
a viagem de cruzeiro ou de bote
a música, a literatura, ou a filosofia?

Faz diferença pegar no batente ou na bateia
caminhar na direção do sul ou do norte
enfrentar eventos imprevisíveis em cadeia

obter sucesso por esforço, ou por sorte
encarar desafios da vida entre tantas teias
crer na vida durante a vida, ou na vida pós-morte?

Planeta sem nomes para nada

Caminho sozinho metro após metro
não há humanos por perto
rios e lagos não têm nomes
nenhum ser vivente passa fome

não há política, nem economia
tudo na Terra em harmonia
não há posse de propriedade
não há país, nem classes na sociedade

não há cultura, nem construções
nenhuma ideologia, nem manipulações
os minérios aí como foram deixados
animais em seus ritmos e vegetais intocados

visitando o planeta inteiro num único dia
é esse encanto real que se veria
silêncio absoluto em contínuo presente
mas vivemos num paralelo não existente...

Poemas sinfônicos

O passaredo em revoada
e a chuva na calçada

a explosão do vulcão
e o estrondo do trovão

o vento chiando na janela
e a pressão da panela

as teclas do computador
e do pianista amador

a gritaria no intervalo da escola
e grito do mendigo que pede esmola

gritos da mulher em parto natural
e os gemidos de orgasmo do casal

o pio da coruja na madrugada
e o vinho caindo no copo da solitária embriagada

o ronco de quem dorme
e o último suspiro de quem morre

o barulho da vassoura ao varrer
e o gemido do canceroso ao se contorcer

o pró-pró do gato no colo recebendo mimo
e o ranger dos dentes da Vó com bruxismo

o arrastar das pantufas nos pés do Vô
e o arroto do nenê depois que mamou

as batidas do coração do menino assustado
e a chave que abre a porta do entrante apressado

as águas das cascatas e das cataratas
e as ondas do mar, que nas pedras saltam

os chutes na bola, no campo em jogo
e o cair da neve e o estalo do fogo

tantas são as melodias às quais não damos ouvidos
sempre à nossa volta, como poemas despercebidos

Polo Norte

Ventos cortantes em terras distantes
castigam a face a cada instante
dias sem sol e sol à meia-noite
céu azul em contínuo açoite

num plano infindável e amendrontador
vento cortante contra a face em dor
fidelidade de lobos que puxam o trenó
foca e peixe, alimentos do esquimó

alces e renas, amigos de lapões
fogo no eixo de rotação
na luta da fuga, a foca cava a toca
e da mãe ursa se esquiva e se entoca

avanço vagaroso de navio quebra-gelo
doze meses de permanente flagelo
até quarenta negativos chega a temperatura
mesmo assim a vida endura

na imensidão do norte o hemisfério
festival de aurora boreal em mistério
solidão, medo e frio enfrentados
e caminha-se para o outro lado

aventurosa expedição e desafio difícil
aí o eixo da terra encontra sua superfície
imensa, distante e cegante brancura
no meio do Oceano Ártico em bravura

lá o lobo vagueia e o urso hiberna
Polo Norte do Alaska, Sibéria e Noruega
Canadá, Finlândia e Groenlândia
fronteira do Arco da Sabedoria

MDJ
maio de 2007, em Bergen, Noruega

Ponta de lápis

Ponta de lápis que tudo anota
da cabeça que pensa, certa ou torta
escreve, não fala, nem se comporta
sem ideologia, abre e fecha portas

bem afinada, ou mal apontada
nunca é responsabilizada, nem condenada
induz milhões que leem ideias erradas

de madeira ou lapiseira de escuro grafite
registra a cultura humana que existe

ponta de lápis, grafite que se torna grafia
revela a luz e expõe idiossincrasias
sobre o papel, a sensibilidade da poesia
registra a arte, fé, ciência e filosofia

anota as notas do repentista compositor
multiplica o valor da produção do agricultor
calcula os honorários do advogado e contador

traços do arquiteto e cálculos do engenheiro
anota ações do encrenqueiro com drogas e dinheiro

ponta de lápis na lista de compras do idoso esquecido
o peso do recém-nascido e o nome do falecido
o endereço da loja e a placa do automóvel batido
descreve o retrato falado do bandido foragido

calcula a largura e a altura da lareira para o pedreiro
dá o formato nas mãos do marceneiro
desenhos na liteira e o corte do vidraceiro

anotações do quebra-cabeça do detetive
traços do figurinista com decotes em declive

ponta de lápis anota o experimento do cientista atento
calcula os votos dos deputados aliados no parlamento
descreve a trajetória do tiro do canhão cortando o vento
escrita torta nas aulas do menino desatento

deixa o testamento do suicida em transe satânico
anota a multa do guarda de trânsito
escreve as provas da estudante em pânico

ponta do lápis, com todo o seu capricho
usada, acabada, não agradecida é jogada no lixo...

Portas e chaves

Portas e chaves parecem necessidades normais
fechaduras e grades deveriam existir jamais
escondemos as coisas,
porque uns têm pouco e outros demais
nada aprendemos com o compartilhamento
entre animais

Nas cavernas, sem portas e chaves, éramos civilizados
agora em residências opulentas vivemos desconfiados
presidiários em nossas casas, dia e noite amedrontados
o sossego e a felicidade ficam cada vez mais de lado

Exagero de portas e chaves no trabalho e residências
tantas repartições denunciam nossa frágil convivência
chaves que trancam ouro e prata no cofre e armário
guardam encrencas para o futuro inventário

Com mais confiança mútua, integridade e princípios
se praticássemos menos malefícios
se nos comportássemos como deveríamos
de menos portas e chaves precisaríamos

Prego

Presente em nossa vida está o prego
serve a todos e não tem ego
prego grande ou preguinho
em nada útil quando sozinho

na parede tudo pendura
tempo, muito tempo, dura
parte do nosso diário
tem prego até centenário

prego de ferro e cor de prata
pontiagudo e de cabeça chata
não entorta, nem amassa
peça de solução imediata

prego de aço, ou de ferro
obedece às lambadas do martelo
no barraco e no castelo
até no conserto do chinelo

une as tábuas da parede
segura molduras, roupas e redes
enferrujada haste de metal
sempre presente, quase imortal

Presídio

Presídio, que casa macabra
tortura diária, não serve para nada
escola refinada de mãos criminosas
contos de bravura, ocupam mentes ociosas

bitucas de maconha que exalam fumaça
bocas não escovadas cheirando cachaça
colchões queimados para o tédio enxotar
arruaças encomendadas a comparsas pelo celular

policiais e agentes frustrados, em uniformes suados
por conveniência misturados à bandidos semipelados
entre grades, olho no olho, em ódio se enfrentam
poucos se recuperam e alguns saem piores que entram

cheiro de morte em corpos vivos, na forçada barbaridade
remorso ou disfarce de ações com requintes de crueldade
amontoados na espelunca com poucas visitas e saudades
vingança arrogante de uma sociedade sem piedade

por engano alguns são presos em inocência
à mercê de Judiciário surdo para a clemência
inferno na Terra, em contínua agonia
falta humanidade e também psicologia

noites mal dormidas para a paulatina insanidade
depósito de desesperados dedicados à maldade
barrigas de fora e chinelos em pés inchados
ansiedade com estômagos magrelos amedrontados

em cada cela, mandão absoluto em pequeno território
domínio e intimidação pelo silêncio de velório
cela apertada e estratificada em espaços de poder
torturante ânsia pela liberdade, no contínuo doer

purificação forçada de estuprador condenado
sentença em mãos trêmulas e olhos arregalados
asfixiante aflição aliviada pela eventual execução
presídio de tragédia deveria promover a recuperação

Professor

Graduado, especialista, mestre, ou doutor
sempre com o jaleco, giz, quadro e apagador
na mão o coração, leciona com amor
tão nobre quanto o Imperador é o Professor

cedo ou à noite, mesmo cansado para a aula vai
de seus e de outros é também mãe e pai
em manifestações intimidado, arreda e não sai
apanhando da polícia em silêncio geme e cai

em madrugadas, não percebido e até desdenhado
família sacrifica e interesses deixa de lado
nem sempre é reconhecido e valorizado
mesmo assim, é profissional respeitado

idealismo e esperança, a cada dia tem bastante
destemido e contumaz sua garra nada destrói
mais do que arrogantes e pretensos importantes
professor dedicado pessoas e a Nação constrói

Raio

Sequência de clarões com fascinante explosão
num piscar do olho nada mais se vê no clarão
no cúmulo-nimbo em distante visão

espetáculo tripartite: raio, relâmpago e trovoada
energia e radiação eletromagnética concentrada
onde se descarrega, sobra quase nada

estrondo que poucos segundos vigoram
com rapidez e poder destrutivo que apavora
tão logo aparece, também vai embora

energia intensa de um céu iluminado
nunca foi capturado, nem armazenado
bastante estudado, mas não desvendado

a direção tomada não segue critério
cinquenta por segundo em cada hemisfério
raio, série de pulsos e mistérios

para o distraído é espanto profundo
calor em frequência, ornamentando o mundo
a Física e Química sintetiza no milessegundo

despenca-se de quilômetros de altura
com ligeireza corta o ar em fissuras
num piscar derruba árvores em rachaduras

tremeluzir de relâmpagos como sinapse
como brancura de mármore
formato de neurônios e galhos de árvore

raio, rápido sinal em céu iluminado
assusta a criança e deixa o cientista encantado
com duzentos mil amperes deixa o animal assustado

canal ionizado, visível, é luz emitida
penetrando a terra em supersônica corrida
emissões óticas de formas exóticas para a vida

curvas rápidas em formato de veias sanguíneas
em intensa frequência e diversas linhas
para os lados emite energia ígnea

estrondos e espetáculo gratuito à distância
parafernália de cargas de nuvens em beligerância
cordilheira e floresta ilumina em elegância

fenômeno que inspira, mortífero nas proximidades
luminosidade, beleza e intensidade
clareia o oceano, o vale e a cidade

refletindo propriedades do plasma
numa brancura de pura alma
em pouco tempo já se acalma

piscando em brilhos de sul ao norte
mesmo sendo a força elétrica mais forte
o raio porta vida e nada de morte

Rebelião dos justos

Mundo truculento de sistemas tortos
com a maioria em triste desconforto
em intolerável sofrimento e silenciosa
resignada e cabisbaixa, mas no íntimo furiosa

em dias passados o sino já virou canhão
fruto do ódio em manchadas mãos
velhas ordens de podres já caíram
bons propósitos já se esvaíram

a vingança das armas é sempre horrenda
a não-violência se recomenda
nos lagos de lágrimas, em deprimentes vales
que a justiça sólida suplante os males

Rio da Prata

Gotas do Paranaíba
do Brasil serra acima
nascentes e sangas pequenas
correntezas do Paranapanema

com o grande Tietê sem parar
desaguam no Paraná
que junto ao Iguaçu logo após
se torna único em Foz

gotas alagadiças do Pantanal
às do Paraguai em lamaçal
com o Pilcomayo em Assunção
do Chaco para a navegação

encontram o Bermejo em resiliência
em fluxo para Resistência
profundidade e ondas ligeiras
inundações e vida nas beiras

Paraná e Paraguai gigantes fluídos
em Resistência e Corrientes unidos
Grã Paraná com o andino Salado
em Santa Fé enlameados

descem Rosário e depois em pares
com o Uruguai em Buenos Aires
como grande cobra barrenta
formam a Bacia Argenta

gotas de Canoas, Pelotas e Ibicuí
correm por terras guaranis
formam o grande Uruguai
que ao Negro se junta mais

encontram o Paraná no Prata
para o Atlântico que a Terra hidrata
grandes águas com reflexo do céu
de Buenos Aires a Montevideo

MDJ
Buenos Aires, fevereiro 2019

Rio sem água

Águas cristalinas
onde se banhavam meninas
onde peixe já se viu
e eram chamadas de rio

num leito cruzava a cidade
onde se pescava nas tardes
agora engasgado com dejetos
nos barrancos em seu trajeto

pessoas hoje sem capricho
aí jogam o seu lixo
todo tipo de tranqueira
fluxo de repugnante sujeira

águas sujas de casas e bueiros
restos finais do dinheiro
até cadáver e pedaços de madeira
boiam e enroscam-se em sua beira

flutuante chorume
com odor de curtume
visão da barbaridade
retrato de personalidades

nele cai minha lágrima de mágoa
rio que a poluição estraga
não tem vida, nem mais nada
já não é mais água...

Roda

Roda, útil invenção
marco da civilização
diâmetro de qualquer extensão
sempre presente no trânsito
em graus e desenho perfeito
desliza sob atrito

na superfície a deslizar
rápida, ou devagar
rola para qualquer lugar
antiga e grande revolução
de madeira e de ferro no vagão
sempre trabalha e toca o chão

na carroça que leva a farinha
na carruagem que leva a rainha
no caminhão e nunca sozinha
na aterrisagem do avião
na bicicleta que leva o ancião
na artilharia carrega o canhão

gira em volta do eixo
humilde no longo trecho
fiel do início ao desfecho
no cronograma da remessa
parece não ter pressa
os portos e armazéns acessa

ao futebol leva torcida
ao mercado, a comida
alegre com envasada bebida
tudo aceita sobre ela
amparada pela arruela
ultrapassa a gazela

serviçal e oportuna
no cassino é roleta gatuna
também é roda da fortuna
marca as horas no relógio
aos apressados um privilégio
só descansa no pedágio

circunferência na matemática
maciça ou pneumática
perpassará a informática
do leste ao oeste, do sul ao norte
diversos propósitos nos transportes
última carona no caixão da morte

em rotação forma a esfera
às vezes na mole terra
atola, patina e emperra
qualquer peso a aguentar
incontáveis voltas a rodar
leva a qualquer lugar

roda de pneu, ou de ferro
na escavadeira no aterro
pequena, ou em exagero
passa nem sabe por onde
engrena no trilho donde
carrega o ouro do conde

prestativa e silenciosa
leal e caprichosa
nos brinquedos tão mimosa
em cadeira e ambulância
para perto e para a distância
para qualquer circunstância

roda sempre utilizada
desde que foi inventada
deixa a história marcada
roda que tudo acomoda
indispensável, nunca saiu da moda
impensável a nossa vida sem a roda

Roger Bacon, 800 anos

Precoce, em Oxford e Paris estudou
aí rezou, pesquisou e ensinou
buscando a perfeição, vindicado se tornou

ideias nunca antes concebidas
por medrosos e invejosos destruídas
por monges em segredo protegidas

no laboratório, sem ser perturbado
previsão do globo circum-navegado
livros e panfletos publicados

acadêmico, frade e da verdade defensor
de Alhazen e Aristóteles seguidor
de Galileu, Frankestein e Da Vinci precursor

brilho na Idade Média em escuridão
que responde a qualquer indagação
homem Mecânico com Cabeça de Latão

mente livre e inovadora
previu a máquina voadora
e automóvel em era vindoura

devaneios excepcionais de mente original
experimento da ciência, o caminho natural
curiosidade e ciência com verdade total

professor brilhante e combativo
eclético de conhecimento proibido
aprisionado, difamado e perseguido
por confrades inseguros e inimigos

onde pouco se sabia
Bacon avançou em ousadia
na alquimia e na astrologia
Grande Trabalho escrevia

acervo de ética, física e ótica
corpos celestiais, pólvora e lógica
latim, grego, árabe, hebraico na gramática
ciência experimental e matemática

a natureza com propósito ordenador
transmutação em elixir catalisador
submarino e barco a vapor
ouro por transmutação de metal inferior

conhecimento abrangente e profundidade
obediência fraca e mundanidade
preso pelos próprios confrades
Papa Clemente lhe protege a capacidade

conciliação entre filosofia e ciência
anos de cárcere por sua inteligência
relação entre teologia e filosofia
sem obstáculos à verdade e sabedoria

Roupa

Vestuário e roupagem
identificam a imagem
camuflam a essência
exageram a aparência

roupa que o corpo encobre
exibição ostentada do nobre
vergonha do pobre em farrapos
do mendigo em trapos

roupa que revela o bolso
afável companheira no calabouço
única propriedade na senzala
por si só sempre fala

roupa apertada, ou enorme
institucionalizada no uniforme
da moda e colorida
identidade de nossa vida

roupa para muitos peça única
no deserto é túnica
na liturgia é paramento
na cerimônia é ornamento

roupa de seda e de algodão
casca próxima ou longe do coração
endeusamento do corpo
de humanos praticamente mortos

recortes, decotes e corantes
e nada mais em cada instante
quando a essência é pouca
muitos são a sua própria roupa

Sol

Sol em oito minutos de distância no espaço
chega e aquece carinhosamente o braço

estrela mais conhecida da Galáxia
eletromagnetismo e fotossíntese mágica

sol que alimenta e aquece
a planta e a fruta amadurece

raio que o frio do inverno acalenta
a visibilidade na Terra sustenta

plasma com campos magnéticos
hidrogênio e hélio herméticos

fogo de raios diretos e oblíquos
iluminam ambientes longínquos

sol humilde pelas nuvens coberto
não há vida sem sua força perto

sol que se retira para o sono da noite
atração na Via Láctea e a Terra em satélite

sol, deus para Egípcios e Incas
fantasias e realidades significa

sol que penetra as águas dos oceanos
arco-íris que encanta o humano

sol sobre países e culturas
venerado como deus nas alturas

Sossego da criação

Tsunami e lavas de vulcão
moléculas em vibração
terremoto, meteoros e glaciação

giro da morte do crocodilo
canto da baleia e do grilo
bicho-preguiça e ligeiro esquilo

canto do pardal e da cigarra
caminhar lento da dinossaura
brisa e ondas sobre a piçarra

balançar das folhas e desabrochar da flor
asas ao vento no voo do condor
olhos se comunicando em amor

gota de mel de abelha
faíscas do sol em centelhas
lua que brilha sobre as telhas

galáxias em elipse e espiral
ondas gigantes do alto-mar
filhotes com face angelical

queda e som contínuo da cascata
correição de formigas na escura mata
natureza barulhenta, em orquestrada sonata

Tango

Ao fole do bandoneón
palhetas em vibração
dedos ágeis no botão
melodia da paixão
dança com emoção

coreografia bem compassada
passo duplo de toureada
parceira linda e decotada
vestido em seda e suada
ao chão quase jogada

cavalheiro de branca manga
dama escarlate de saia longa
lenta valsa e milonga
passos entrelaçados em onda
em contorções de anaconda

crioulo, gaúcho e portenho
de Gardel e Piazzola o espelho
ritmo e passos em desenho
olhar ensaiado de fixo cenho
cabaré em artístico desempenho

agilidade em acompanhar
coreografia em perfeito par
leveza no dançar
só falta pairar no ar
almas e corpos a flutuar

alma da Argentina
de portenhos da Platina
pratica-se, e não se ensina
à plateia quieta fascina
em lágrimas até termina

tango do palco austral
piano, violino e punhal
música e dança teatral
singularidade musical
patrimônio universal

Teia & bateia

Teia para o sustento
bateia para o avarento

teia de fiação
bateia de poluição

teia de aranha solitária
bateia em nada solidária

teia tecida de fios de seda
bateia encardida no barranco da vereda

teia na madrugada orvalhada
bateia galvanizada e cobiçada

teia para a astuta espreita
bateia para a mente estreita

aranha que sabe a manha
tece para o alimento em façanha

bateia que o ouro apanha
ilude o humano sem-vergonha

Tempo

Tempo é passagem
expressa em linguagem

mas há medida do tempo?
Matéria em movimento

deslocamento e trajetória
esquecimento e memória

registro da existência
presença e ausência

histórica paciência
cronológica distância

tempo, conceito relativo
sem significado definitivo

perene e absoluto
não é estoque, mas luxo

tempo contínuo e linear
tempo recorrente e circular

tempo a cada passo em compasso
mas para fazer tudo, é escasso

Tempo aproveitado

Quanto tempo tens para ti
ou somente para outros
numa vida corrida em desconforto
para os que nem querem de ti saber?

Tempo de cultural invenção
para cronometrar a correria
e justificar a covardia
para a falta de concentração

para fazer o que não se precisa
para com nada se ocupar
disfarçar e nada contemplar
num desperdício de vida

cansar com tudo e do essencial fugir
inconscientemente e em burrice
falta de tempo em que a pessoa insiste
para viver e não existir

tempo no dia se diz não ter
para olhar a Lua e a nuvem passar
ver a folha da árvore balançar
trinta minutos para nada fazer

utilize bem o tempo, enquanto é tempo
não corra atrás de tudo para a vida desperdiçar
e na velhice ter que se justificar
em lamento: "não tive tempo..."

Tesla

Nikola Tesla em Smijan nascido
na América admirado e temido

de pai presbítero e homem que acredita
de mãe inventora que poemas recita

engenharia Eletrotécnica
na austríaca politécnica

energia livre e sem fio
letras e imagens previu

energia gratuita transmitida
pretendia em propósito de vida

das Niágaras tão sonhadas
cascatas em energia transformadas

energia a capturar e condensar
e luz sobre a noite a espalhar

dínamo e corrente alternada
baratear a energia aproveitada

motor de indução, de gênio inventivo
campo magnético rotativo

Edison e Westinghouse a explorar
para si e com outros foi trabalhar

sem medo do raio, som podia ouvir
atraído por volts, energia podia sentir

milhões de volts em uma bobina
mente genuína e daí a turbina

energia livre e sem fios por torres
por ondas de provocar tremores

inventos na mente concebidos
antes aperfeiçoados e daí construídos

mesmo que num futuro hipotético
fim das guerras num mundo eclético

última arma para as guerras findar
robótica, controle remoto e o radar

mente livre, coração natural
inocente gênio, sem fazer mal

excêntrico, com propostas bizarras
difamação, espanto e algazarra

quase Newton em genialidade
contra medíocres em autoridade

pensamento visual e memória fotográfica
contra o descrédito de gente sarcástica

Wardenclyffe zelosamente construída
pela inveja e medo destruída

feixe de partículas e raio da morte
robótica e telegeodinâmica de sul a norte

amigo de relâmpagos, ouvidos atentos
extraordinária sensibilidade para inventos

mecânica de cunho eletrotécnico
densidade de fluxo magnético

corrente alternada, motor de indução
feixe de partículas em canhão

se financeiramente apoiado seria
o que mais feito ainda teria?

No ostracismo sem muitos centavos
ignorado, com dignidade foi bravo

oito idiomas aprendidos e falados
na velhice aos pombos, dedicado

morte no hotel em solidão
bem lembrado desde então

honrado por escolas e engenheiros
com mais fama do que dinheiro

Tiara real

Tiara real, mundo de fantasias do passado
ornamento de mentiras e poder usurpado
regimes em nome da civilização justificados
ditaduras de famílias por séculos têm durado
sem escrúpulos, até Deus foi invocado

tiara real, quantos súditos teriam te amado
quantos falsos e oportunistas te bajulado
autoritários e pedófilos por ti acobertados?
Indefesos suplicando proteção amedrontados
países invadidos e campos anexados

tiara real, quantas vidas terias custado?
Opositores decapitados e enforcados
intelectuais caluniados e humilhados
profetas endemoniados e encarcerados
clérigos e pregadores, perseguidos e silenciados

tiara real, quantos conflitos por ti foram tramados
cavalos em batalhas e canhões enfileirados
filhos de mães aflitas para a guerra foram enviados
doença e miséria e muita fome têm passado
sem ti, da guilhotina muitos teriam escapado

tiara real, de um tempo amaldiçoado
que aos soberbos de orgulho tem cegado
símbolo de realeza com o tempo desbotado
recolhida em museus, agora dramas superados
a democracia e a razão te deixam de lado

Tragédia nas favelas

Recife, São Paulo, Porto Alegre e Rio de Janeiro
Manila, Manágua, Soweto, Bombaim e Quênia
fome em casa paupérrima e sem dinheiro
crianças maltrapilhas e com barrigas de tênia

vida barata, cheiro podre e esgoto a céu aberto
corpo vivo ou morto, com lixo atirado pela janela
os bem sucedidos, preconceituosos
nunca estão por perto
refúgio de fracassados, sem ordem
nem dignidade na favela

bandidos se impõem em hierarquias de tatuagem
arma, anel, colar, poder natural
de gangues e chefões
saem da cadeia e seguem em frente na malandragem
pobres, desesperados, honestos à mercê de mandões

trombadinha, esmoleiro, trapaça e maconha
sem família, ou resquício de humanidade
brigas, ausência da vergonha numa vida medonha
escapar daí só no sonho e na vontade

direito banido pela vontade do bandido
carnificina, comércio, igreja e polícia
acuado e silenciado para não sair ferido
disputa inglória entre o crime, Estado e milícia

cúmplices e comparsas na bondade e na maldade
aparente inferno em ardente fornalha
mistura de luta pela vida e promiscuidade
preconceito e o desprezo da sociedade canalha

subemprego com decência e traficantes com violência
tiros, execução de traidor e covarde sem clemência
purificação diária de quem escapou de toda a sorte
dia e noite, sujeito à paulatina ou abrupta morte

MDJ 22.09.2013, na Baixada Fluminense

Três

Depois do segundo e do primeiro
roseta, balalaica e russa troica
triunvirato em ditaduras históricas
formigas e volume cúbico inteiro

pregos assassinos da cruz
tiara papal da cristandade
inseparável Santíssima Trindade
negações de Pedro a Jesus

mosqueteiros e teorema de Pitágoras
Marias, patetas e estados da matéria
porquinhos e ponto triplo da água

papiro na civilização egípcia e suméria
filhos de Noé e de Cabral a esquadra
macaquinhos, reis magos e ciclos da bactéria

Três cataratas

Espetáculos gratuitos da natureza
cataratas trigêmeas de gigante beleza

Cataratas das águas do rio IGUAÇU
garganta do diabo em formato de U

trezentas quedas em estrondos de beleza
"Cabeça de Vaca" viu depois da correnteza

dos Caingangues, amor entre Tarobá e Naipi
barulho incessante e nada se pode ouvir

quedas estrondosas de águas enlameadas
das terras lavradas e por chuvas lavadas

moderna maravilha por milhões visitada
música de cascatas, em silêncio contempladas

chuviscos em arco-íris e visitantes molhados
pedras escorregadias e curiosos desajuizados

turistas se arriscam para a vista inesquecível
contemplar a sensação única e imprevisível

águas espetaculares no GPS de três fronteiras
da terra argentina, paraguaia e brasileira

Cataratas das águas do rio NIÁGARA
despencam trilhões de jarras em beleza rara

cartão da América e herança da glaciação
das cataratas, a maior taxa de vazão

para os Mohawks em um cânion formada
América, Ferradura e Véu, apelidadas

sonolenta precipitação de águas geladas
cor de esmeralda dos olhos da amada

energia de turbina aí primeiro produzida
beleza ímpar, por visitantes nunca esquecida

Águas das cataratas de VITÓRIA
da África perante o mundo, a maior glória

"Mosi-oa-Tunya" e "neblinas que trovejam"
trilhões de litros em um rio que despeja

do rio Zambeze entre Zimbábue e Zâmbia
até recentemente o mundo não conhecia

das terras áridas e savanas da África ressequida
banhadas por chuvas de novembro a dezembro
caídas

hipopótamos, rinocerontes, crocodilos e elefantes
e outras espécies nas suas margens há bastante

penhascos de perder o fôlego tamanha novidade
escavadas em amedrontante profundidade

desde David Livingstone o grande encanto
ininterruptas por milênios tantos

Terra

A Terra ali tão pequenina
em rotação diária e contínua
da Galáxia uma centelha
com humanos, pretensos racionais
mas abaixo dos animais
menos inteligentes do que a abelha

Três gigantes

NEWTON do Cálculo e do Movimento
gravidade e fluxo em cada instante
luz e força de leis em nexo

DARWIN da evolução, tudo lento
das espécies e do globo viajante
bem explica o complexo

HAWKING do tempo sedento
buracos negros bem distantes
na cadeira, matematiza o universo

em Cambridge desvendam bastante
da teoria do tudo chegaram perto
ciência profunda muito adiante

antes deles pouco se sabia
brilhantes mentes gigantes
agora juntos na abadia

Uma noite sobre a terra

Em uma única noite sobre a terra
no descanso do dia que se encerra
em poucas horas tanta coisa acontece
uns comemoram e outros padecem

sonhos reviram o inconsciente
insetos zonzos ao repelente
nos bares há tanta fala
nos lares todos se calam

a coruja no galho dorme
o gato solitário foge
o shopping center silencia
do veículo o motor esfria

o vigilante quase cochila
estrelas distantes cintilam
sementes lentamente germinam
engravida a virgem menina

a aranha tece a sua teia
a maré cheia molha a areia
pelas horas do relógio da basílica
o Papa escreve a encíclica

a neblina abraça a cidade
bandidos cometem barbaridades
cantam na rua os embriagados
repousam a arma e o soldado

singra o mar o navio
a vela exaure o pavio
animais todos se deitam
rato e barata aproveitam

noite entre o crepúsculo e a aurora
demora longa de poucas horas
parece século de tanto que acontece
e daí, o sol espia e o dia amanhece

Urubu

Simpática ave de rapina
necrófaga que do alto mira
associada à morte e desgraça
alimenta-se da carcaça
abutre na mitologia
urubu na Biologia

fedorento com cara de diabo
de pulinhos engraçados
dedicado ambientalista
em voos altos se avista
quando o bico não perfura o couro
come depois dos cachorros

malandro com fama de vadio
nunca ataca o animal sadio
espera o alimento morrer
e se decompor para comer
alivia o animal ferido e doente
equilibra o meio ambiente

estômago com ácido corrosivo
bactérias mata no aparelho digestivo
formato de ponto de interrogação
pousa e adormece na digestão
carinhosa figura folclórica
com sua feição pré-histórica

parente do falcão e condor
pescoço sem penas em fedor
"urina" para os pés purificar
com o ácido úrico o calor aliviar
para os filhotes regurgita
para fugir mais leve, vomita

urubu de asa grande e cara feia
de voo alto avisa onde rodeia
cabeça preta, rei, ou de barba
com o chacal ladrão, embraba
parceiro do carcará e de afiado bico
na boca da sucuri, também vai a óbito

Varredor de rua

Lixo é o ponto final do dinheiro
pessoas com comportamento de bicho
e tantos que não têm capricho
jogam no chão o seu lixo
fazem da rua seu próprio cinzeiro

gente com comportamento grosseiro
arrogantes em atitudes costumeiras
jogam latas e garrafas da bebedeira
em bocas de esgoto sem peneira
sujam a rua e entopem o bueiro

a vassoura é companheira
varre papel, folhas e grimpas
deixa as ruas e calçadas limpas
para o passeio de pessoas distintas
ganha a vida na companhia da lixeira

varredor de todas as maneiras
varre em torno da estátua
varre o jardim da praça
em sorriso com ar de graça
trabalho nobre de gente parceira

Vento

Sentimos o misterioso vento
invisível como o pensamento
em forma de ar, vendaval ou brisa
derruba árvores e telhas lisas

vento que é ar em movimento
parece o mesmo em cada tempo
o frio intensifica e o calor suaviza
sopro na janela, a melancolia simboliza

cortante som da ventania
nos Árticos e na Patagônia
gela os rostos nos fiordes
faz tremer camponeses e lordes

entorta plantas na colina
sopra de baixo e de cima
sopra para todos os lados
quebra galhos e faz estragos

em céu escuro empurra a trovoada
varre o terreiro e a calçada
amedrontador no reboliço de tufão
destrutivo no tornado e furacão

arregaça a sombrinha na praia
eleva a crina do cavalo na raia
derruba e faz voar o chapéu
visto no fluxo das nuvens no céu

vento de vida e de pavor
traz o perfume e leva o odor
bate portas e seca a roupa
vento, que coisa louca

Ventos do Saara

De Timbuctu ao Cairo
entre o Níger e o Nilo
tuaregue, Berber e Beduíno
caravanas de dromedários

dunas que deslizam
areias finas na testa
olhos contra a brisa se fecham
noites que suavizam

sem limites, nem margens
túnicas de colorido algodão fino
longínquos oásis e, à vista, miragens

resiliência em tempo sem pressa
descampado, sem nada, selvagem
vida lenta em contínua festa

Vinicius de Moraes
100 anos

VINICIUS, ser eterno não podia
mas seus sonetos e melodias
infinitamente e para sempre
se ouviriam no meio da gente

poetinha de mente esperta
cabelo lambido e camisa aberta
ritmo da caixa de fósforo e do pandeiro
amigos e bom viver no Rio de Janeiro

cigarro e uísque na mão
quando assim não, então, o violão
música e declamação de escritor
paixão e contínuo amor

faculdade de advogado
sorriso de safado
inveterado boêmio
no casamento nove prêmios

onde estivesse, estava o sambinha
de rabo de olho nas garotinhas
de bermuda e sapatos sem meias
apaixonava lindas e feias

dedilhado livre e criativo
samba preguiçoso e inventivo
tão bom quanto o ensaiado
diplomata pela ditadura cassado

longe de ser homem perfeito
à mostra sempre os pelos do peito
irreverente e incorrigível
não tinha jeito, o homem incrível

na orla atlântica com chuvisco no amanhecer
de havaianas na areia ao entardecer
inspiração de música mansa ao som do mar
também composta em Ipanema no bar

Vinicius do teatro e da mais bela poesia
Bossa-Nova de face que sempre sorria
musicou o Rio e então partiu...
e se imortalizou como a alma do Brasil

(19.10.2013, no centenário de Vinicius)

Voo MH17

Famílias alegres num voo para casa
em avião abatido pela asa

pânico ensurdecedor de um só grito
corações enfartados e olhos saltados aflitos

na queda brusca um anjo cada corpo levitou
morte bruta, mas ninguém sentiu dor

quando a carcaça no chão bateu
suas almas já estavam com Deus

MDJ 22 07 2014 (queda do VOO MH17)

PAÍSES, GUERRAS, CONFLITOS

Rio com beiras e correntes ligeiras
divisão de muro, montanha ou linha
fronteira tua, a deles e a minha
em cada margem, outra pátria e bandeira

na fronteira a pessoa é passaporte
retirante melhores dias procura
dignidade, trabalho, amor e aventura
respeito, prosperidade e sorte

fronteiras dividem nações num passo
mas qual é a fronteira do leopardo?
A baleia pertence a algum lado
e qual é a fronteira do pássaro?

MDJ (excerto)

Afeganistão

Montanhas de Yaghistão
terra da Rebelião
fim do mundo, pedras e areia
onde todo invasor esperneia

vales e montanhas nunca conquistadas
tropas estrangeiras todas acuadas
Jalalabad, Kandahar, Kabul ou Peshawar
país difícil de governar

caleidoscópio de tribais principados
não há monopólio de poder do Estado
Salang, desfiladeiros e passagens rochosas
Vakhan, tocaias e emboscadas perigosas

dois mil anos de sangue derramado
entre eles e contra outros têm lutado
Rota da Seda com cidades soterradas
aí intrusos nunca conseguiram nada

a fidelidade é pessoal e tribal
o soldado é leal ao chefe local
a autoridade está na vila
para lutar homens cerram fila

poder de Malíque, Valik e Emir
Barakzai, Sadozai, Xá e Vazir

com autoridade elusiva e difusa
e obediência só na fiuza

vingança, inveja e manobras astutas
contínua luta na busca da vitória absoluta
fidelidade pessoal e tribal negociadas
cooperação e lealdade compradas

reis, por irmãos destronados e cegados
para viver longamente eram bem alimentados
para que não enxergassem a beleza de seu reinado
nem das mulheres lindas do irmão entronizado

pretensos khans em falso esplendor
atrás de cada colina senta-se um imperador
o Emir sobre o ninho da formiga dorme
a mulher não livre atrás da burca sofre

adversidade da tempestade de areia e neve
somente o avarento ingênuo aí se atreve
papoulas, ópio e traição de líderes evasivos
esconderijo de terroristas fugitivos

anarquia de Mujahidin, Al-Qaeda ou Talibã
impossível entender ou conquistar o Afeganistão
autoridade do mandão, desintegra em volta de si
britânicos, soviéticos e americanos: é melhor desistir...

A noite das mil e uma guerras

Da Argélia ao Afeganistão
do Cáucaso ao Boko Haram
ódio e maldição do petróleo
opressão e concentração de riqueza
falsidade, violência, ditadura e pobreza
famílias ambiciosas de cegados olhos

tramoias de dinheiro, poder e armas
ninguém está à vontade em suas casas
Bagdá, Jerusalém, Trípoli e Damasco
estrondos de guerra e silêncio fúnebre
não há mais oração nem perfume
só prantos e quebrados frascos

jovens desencantados, recrutados do ócio
extorsões, sequestros e tráfico de ópio
destemidos e comprometidos mercenários
estradas minadas e campos de refugiados
horror de inocentes degolados
ações humanitárias de voluntários

Oriente Médio de sangue e tantos prantos
ocidente covarde de poucos santos
falsa fachada da forçada conversão
venda de órgãos das vítimas
mães e pais sem vida íntima
terror, cinismo, estupro e humilhação

paz mais rara que a água no deserto grande
areias brancas com manchas do sangue
de Abraão, Jesus e Maomé seria a Santa Terra
jihadistas lutam pelo fictício Califado
por liberdade e democracia os soldados
interminável noite das mil e uma guerras

Argentina... qué passa ¿

Argentina, querida
vizinha minha entristecida...
O que foi que te aconteceu¿
Por que teu encanto perdeu¿

Buenos Aires das Avenidas
portenha Europa agora já ida
de pessoas entristecidas
como almas não redimidas

donde penduraste teu bandoneon¿
Donde deixaste teu coração¿
Donde estão tuas chicas hermosas¿
Donde estão los gauchos d'antes prosas¿

Teu tango parece que se escondeu
acabrunhado, nem mais notícia deu
em choro amargo, silencias
hei, vizinho, quero de volta tua alegria!

há cem anos tudo podias
somente para a Austrália perdias...
quando tua alma te reencontrar
daí me avise: contigo irei morar!

(MDJ ao som de um tango em 22 de abril de 2012)

Barbárie do terrorismo

Guerreiros e oportunistas
violam qualquer justiça
em guerra ideológico-fascista

poder autoritário e violento
cegueira e egoísmo avarento
teimosia e fratricídio nojento

disputa de poderosas famílias
barbaridade esperada em vigília
estupro de mulheres e filhas

incivilidade, inveja e falsidade
imposição da barbaridade
sem lealdade no triunfo da maldade

corpos mortos em lugares incertos
a poucos palmos no vazio deserto
será que está Deus por perto?

Na deturpação do Al Corão
aos desocupados a sedução
brutalidade em miragem de ilusão

falso ideal, ignorância e traição
ideologia perversa e corrupção
irmão que mata irmão

degola sem clemência
manipulação de externa interferência
de oportunistas potências

com dois pesos e duas medidas
esgota-se o sangue em rasgadas feridas
caem por terra inocentes vidas

ao fraco não sobra a sorte
pelas armas impõe-se o forte
terror do medo e morte

Batalhas

Paz, soberania e liberdade invadidas
pilhagem por legiões destemidas
nos campos infindáveis batalhas
castelos com quebradas muralhas
com navalha, medo e pavor espalham
humana pretensa glória, mas suprema falha

bandeira e farda em jornada não escolhida
uniformes ensanguentados e sem vida
cobrem um corpo que só queria viver
enfrentamento forçado e vontade de correr
no desfiladeiro do matar, ou do morrer
"glória", "pátria" e "supremo dever"

batalha, morte por ideologia em vão
de corpos mortos que ficam no chão
pela espada e canhão dilacerados
de jovens enganados e desperdiçados
sobreviventes arrastam-se mutilados
e aos abutres os não sepultados

com armas o lutador a vida arrisca
pela ganância de avarentos em conquista
batalhas de "marcos históricos" comemorados
somente generais e líderes serão lembrados
o tombado com sangue derramado
inocente útil e desconhecido é o soldado

de manipulada causa e ideologia ilusória
doutrinação enganadora de dever e glória
marcha de tropa orquestrada por gentalha
a parafernália desesperada da batalha
gemido de feridos em morte desnecessária
a mando de poderosos canalhas

Choro por ti, Iraque

Terra dos jardins suspensos da Babilônia
civilização avançada nos tempos da Bíblia
entre o Tigres e Eufrates, a Mesopotâmia
agora em fratricídio e sua própria colônia

em dias atuais, crimes medievais e amputação
de irmão que mata irmão em humilhação
justiça que é injustiça pelas próprias mãos
intimidação, degola e crucificação

guerra em nome de Deus e da religião
manipulação das palavras do Alcorão
armas em punho e do Islã usurpação
poder tomado pelo canhão

herança tóxica de guerra imperialista
ódio atiçado por oportunistas e terroristas
sunita que degola irmão de fé xiita
não há Estado unificado e nem paz que resista

morte é o objetivo único de aventureiros
frustrados, desempregados e guerreiros
petróleo, comércio de armas e dinheiro
crimes medievais, esconjura de companheiros

hipocrisia, face dupla e lucro do Ocidente
Estado Islâmico do Iraque e do Levante no Oriente
em mãos sangrentas no massacre de inocentes
crianças, mães, e idosos, e tanta gente

manipulação dos que financiam a discórdia
poder político de máfia sem misericórdia
Iraque d´antes quase uma Arcádia
Iraque de hoje uma anarquia Bastardia

Cuba, minha linda

Ilha da cana
terra do tabaco
povo sorridente e bacana
de garra e em nada fraco
a cada qual o seu naco

nação de valentia
terra de sobreviventes
de bravura e teimosia
população resiliente
por décadas paciente

quase uma grande família
honestidade e respeito mútuo
onde tudo se compartilha
todos se alegram juntos
produzem os melhores charutos

posse de propriedade extinta
para todos Saúde e Educação
casas com velhas tintas
pouco roubo e enganação
pouca droga e prostituição

tudo é de todos
graças aos barbudos
e tantos outros tolos
tão pouco deste tudo
mas todos tem estudo

ilusão, quimera e promessas
veículos de outras eras
mudanças que não têm pressa
novos tempos em espera
para fechar a cratera

discursos encantam massas
Arcádia de comunista ?
Oportunidades escassas
horror do capitalista
paraíso de turistas

esforço pelo mundo desprezado
ilha por invejosos bloqueada
valeu a coragem de ter tentado
pobreza compartilhada que deu em nada
agora, quase um conto de fada

MDJ Havana, 15 01 2015

Desilusão

Tempos idos da usada farda
em luta da guerrilha na mata
no meio do coração da África
em idealismo com longa barba

independência que seria liberdade
livre do conquistador estrangeiro
da ditadura do dinheiro
dos grilhões da barbaridade

agora há bandeira, hino e pobreza
patriotismo menor do que um grão
exploração e esperteza sem proeza

novo apartheid e opressão
elite nacional sem grandeza
de africano que coloniza seu irmão

2017?

2017 será o ano das rebeliões das massas?
incertezas pairam num ciclo que se passa

uns falam de um mundo pós-comunista
outros da falência do sistema capitalista

outros de um mundo sem rumo e pós-cristão
de um mundo pós-verdade e do fim da ilusão

prega-se o fim da direita e da esquerda
fim do respeito e vidas em grandes perdas

não importa quem está certo
o fim do ciclo 1848-2017 está perto

a paciência está se esgotando
intolerância e violência avançando

sem mais enrolação nem ideologia
agora a grande dicotomia

entre os que têm e os que não têm
entre honestos e picaretas e mais ninguém

Espada

Espada, quantas vidas ceifaste
quantas cabeças cortaste
quantos corações sangraste?

Espada subjugaste sem dó dos gemidos
impérios foram por ti construídos
palácios em escravidão foram erguidos

espada arrogante induziste a caminhos tortos
depois de ti sobreviventes para contar os mortos
depois dos tombados, abutres para comer os corpos

espada alongada e afiada de ferro ou de aço
corpo aqui, cabeça lá e do braço um pedaço
vísceras abertas, olhos arregalados pelo cansaço

espada culpada pelo monopólio do poder
o mais fraco na tua ponta teve que morrer
sem escolha entre lutar ou correr

espada empunhada para manipular a História
por tropas destemidas na busca de glória
que pouco desfrutavam da conquista ilusória

no capim, pedras e córregos deixaste o sangue
na colina, na baixada, na praia e no mangue
incontáveis corpos caídos para que a morte os zombe

terror e fratricídio impostos por ti, espada
disputas demais para a humanidade envergonhada
tantos mataste, agora não significas mais nada

Farsa de mil anos

Cruzadas, Inquisição e invasões
reforma, contrarreforma e conquistas
estado-nacional e monarquias absolutistas
perseguições e guerras entre nações

cleptocracia da nobreza
escravidão e colonialismo
comércio triangular e capitalismo
terror e Revolução Francesa

pirataria e Imperialismo
guerras napoleônicas
ambições messiânicas
genocído, fascismo e nazismo

depredação da natureza
egos maiores que a Terra
primeira e segunda guerra
racismo e étnica limpeza

guerra fria assaz quente
guerra contra o terror
de petróleo e minerais o horror
morte estúpida de tanta gente

adversários, aliados e comparsas
democracia manipulada e crua
eleições e manifestações de rua
mil anos de História e farsas

Fim das armas nucleares

Uma única vez já seria demais
o planeta derreter
mas ainda se quer mais
por cinquenta vezes fazer

daí não haverá lágrima nem luto
triunfe a tempo a razão de adulto
que prevaleça o coração de criança
que a violência dê lugar à confiança

Fronteiras

Rio com beiras e correntes ligeiras
divisão de muro, montanha, ou linha
fronteira tua, a deles e a minha
em cada margem, outra pátria e bandeira

fronteiras, abismos entre a humanidade
de um lado sossego e progresso forte
de outro perseguição, barbaridade e morte
migrações, refugiados e calamidade

na fronteira a pessoa é mero passaporte
retirante que melhores dias procura
dignidade, trabalho, amor e aventura
respeito, prosperidade e sorte

fuga da humilhação e da tortura
entre arame farpado, ou num pular de muro
aceitação no aeroporto, ou no porto seguro
simples passo para outro idioma e cultura

em fuga para outra fronteira se corre
fator atração ou fator repulsão
oficiais em uniforme e fortificada guarnição
separam quem vive e quem morre

fronteiras dividem nações num passo
mas qual é a fronteira do leopardo?
A baleia pertence a algum lado
e qual é a fronteira do pássaro?

Gaza *versus* Israel
Israel *versus* Gaza

Ninguém ganhou
a Paz perdeu
o ódio prevaleceu
a sorte escapou

remoroso para quem matou
guerra inútil para quem morreu
sofrimento que já excedeu
e mais um se sepultou

acordo de Oslo descumprido
fim da convivência pacífica
desespero e esperança em fadiga
povo cansado e líderes desiludidos

olho por olho como escrito
mil dentes por um dente
isso não é coisa de gente
doloroso enfadonho conflito

já não é possível ter dois Estados
em um único território
em terra de inferno e purgatório
de sonhos enterrados

Gota de sangue

Mesmo com suor derramada
gota de sangue na Cruz
já foi em vão invocada
pelos inimigos da Luz

gota de vida na veia humana corria
de corpo ferido por projétil ou espada
nos Impérios, Conquista e Cruzadas
em vã derramada por ideologia

em nada poupada por genocidas e fascistas
gota de sangue do inocente ferido
continua a escorrer depois do último gemido
na terra da guerra absorvida por egoístas

gota do corte umbilical ou da violência brutal
de mandões, ditadores e bandidos
entre humanos ainda não redimidos
escarlate, símbolo do bem e do mal

Guerra

Moradas destruídas e inocentes feridos
ódio espalhado e combatentes caídos
refugiados em pânico e vidas perdidas
guerra maldita, sem lição aprendida

fiosofia ou religião alguma ensina a matar
em que dia as armas vão acabar?
Que mundo que é este que a guerra tolera?
Por que a barbaridade impera?

desperdício de vida para propósitos fúteis
guerreiro morto para hienas e abutres
espírito de tropa anestesiada para o matadouro
honra, fama e medalhas se esvaem no desdouro

batalhas militares marcam eras na História
chacina e morte não podem ser glória
não há vitória para ninguém em combate
ideologias são a escória do embate

nunca mais o Jardim de Éden foi como outrora
comportamento subanimal que não é de agora
guerra não tem ética nem póstuma justiça
só a brutalidade da pólvora e carniça

das guerras mundias não aprendemos a lição
nem na Coreia, Cáucaso, Japão e Afeganistão
nem no Líbano, Malvinas, Vietnã, Palestina
nem o Iraque, África e Balcãs ensinam

contínua violência e pessoas feridas
enquanto as armas não forem proibidas
enquanto maníacos e inventores de dogmas
manipulam a opinião pública e usurpam normas

avareza e orgulho de incomplacentes
causam mortes brutas de crianças inocentes
a vontade dominadora se impõe pela metralhadora
e a irmandade anseia pela Paz duradoura

humanos se machucam continuamente
tristemente, para nada, morrem os inocentes
enquanto a Paz continua hibernada em sonho
a guerra continua sendo obra do Demônio...

Guerra do Paraguai

Trezentos mil mortos na Guerra Guasú
a primeira batalha em Paissandu
mais sangue em Avaí e Curuzu
até o encontro derradeiro em Acosta Ñu

dezembrada e Batalha de Curupaiti
artilharia e espadas ao lodo de Jataí
Azuis e Colorados no enfrentamento de Tuiuti
apreensão na canhoneira de Amambaí

chuva, sol e lua sob o constante flagelo
lutadores descalços e montados em puro pelo
retirada de Laguna e Batalha do Riachuelo
dias e noites em seis anos de pesadelo

para cada lado o soldado ensanguentado cai
sobrando poucas mães e quase nenhum pai
mancha de sangue da nossa bandeira não sai
da horripilante Guerra do Paraguai

por causas dúbias, tantas vidas são tombadas
populações inteiras e indefesas são massacradas
com tantas mulheres e crianças não contadas
dois terços da nação Guarani é dizimada

usurpadores e manipuladores infames
casas queimadas e tumbas sem nome

sangue no riacho em raízes de inhame
morte de cólera, tifo, frio e fome

desalojados, acuados e massacrados
de todas as idades feridos e tombados
mortos como cachorros e não contados
tantos inválidos para trás deixados

guerra prolongada por teimosia em tormento
medo, sacrifício, humilhação e sofrimento
lembrança amarga deste infindável lamento
ferida continental não sarada com o tempo

agricultores e trabalhadores uniformizados
escravos recém-libertos, iludidos e treinados
desempregados às pressas vestidos de soldados
marcham desajeitados e amedrontados

sobre a pobreza, a nobreza de cetro na mão
do latifúndio o Imperador letrado é o patrão
soberano culto, mas sem fé, nem razão
do Brasil analfabeto, poder rural e escravidão

elites da corte ocupadas com a própria vaidade
indiferentes ao açoite de escravos em crueldade
regime desprezível de perpetradores da barbaridade
agressão, vingança, castigo e impiedade

imperador sanguinário de luva macia
deprimido, solitário, a mão de ferro escondia

ao piano de manhã e jantar cedo no dia
fingia que dormia sem noção do que fazia

oligarquia e aristocracia insensível e entediada
crimes de uma monarquia acovardada
que não entende nada e se vinga pela espada
e anos mais tarde vê a própria derrocada

famílias patrícias e bajuladores de monarquistas
conde d'Eu obcecado pela total conquista
com práticas desumanas em estilo fascista
queima corpos, para não deixar pistas

defesa de "pátrias" inventadas em venenoso ódio
falsa doutrinação à bravura do Guarani índio
tríplice Aliança em duelo e fratricídio
pouco importa se massacre ou genocídio

luta em Piquissiri, Itororó e Humaitá
arquivos e maternidade se manda queimar
tomba Solano antes do que se entregar
em morte inglória em Cerro Corá

acosta Ñu, a última gota da última batalha
infância valente enfrenta a covarde gentalha
massacre em grande véu de mortalha
degola e estupro por prepotentes canalhas

"voluntários da pátria", sem preço na escravidão
com promessas de terra são bucha de canhão
sangue e lágrimas no Pantanal encharcam o chão
e ainda nos falta pedir perdão...

Hiroshima e Nagasaki

Pequenos poderes e pretensa prepotência
humanidade preocupada com o corpo
tratando um ao outro em espírito de porco
e apegada a um salário e aparência

como pavões fazendo pose
pessoas com riquezas tão poucas
outras em vaidade louca
pretedendo ser Luiz XIV

dormindo sobre um barril de pólvora
de milhares de ogivas nucleares
humanos insignificantes como gotas nos mares
sete bilhões em segundos podem ir embora

MDJ 6 8 2015, nos 70 anos de Hiroshima

Humanidade em chamas

Sempre algum canto do mundo está em chamas
frustrações transformam-se em violência
opressores e oprimidos perdem a inocência
poucos dormem sossegados na cama

honestos e corajosos em punhos cerrados
inconformismo não tem lugar nem raça
manifestações e barricadas em ruas e praças
poderosos contra fracos e explorados

a humanidade passa por muita dor
brutas notícias poluem os jornais
quando triunfará o Amor?

Lágrimas já caíram demais
quando o sangue cederá à flor
e quando as chamas cederão à Paz?

Imigrante

Da opressão, a fuga para o incerto
teimosia e travessia do deserto
viagem longa e sonho tão perto
na esperança de que tudo dará certo

navegação amedrontante no mar
rezando para o barco não afundar
atracando há vida nova para começar
frio e preconceito para enfrentar

novo idioma para aprender
trabalho recusado para fazer
pouco dinheiro para se manter
autoestima e mais prazer

seus queridos, tem que deixar
aceitação e oportunidade ir buscar
saudade no silêncio de amargar
nova bandeira nacional para honrar

de sua impossível terra enxotado
o pouco que tem deixa de lado
em diferente cultura encaixado
em pátria estranha indesejado

da adversidade para a aventura
enfrentar solidão, medo e amargura
dormir em desconforto e bravura
mas sorrir longe da vida dura

Japão

Ilha neta da China
histórica filha da Coreia
com Nagasaki e Hiroshima
a Era Atômica tragicamente estreia

terra do Sol nascente
ilha vulcânica surpreendente
de povo destemido e inteligente
no desenvolvimento toma a frente

melodias de shamisen e koto
do Shogunato para Tokyo
a partir de Kyoto
vibrante no mundo envolto

gueixas coloridas e samurais em guerra
onde o sol nasce sobre a Terra
festeja a florada da cereja
vive a paz que almeja

1848

Insatisfação e ano de revoluções
espontâneas e coletivas insurreições
sem coordenação, a Primavera das Nações
Europa e Américas em ondas revolucionárias
reprimidas por forças reacionárias

burguesia e popular liberalismo
trabalhadores, classe média e socialismo
identidade e explosão do nacionalismo
grande fome e barricadas em fúria
motim dos sem nome contra a injúria

igualdade, reformas e sufrágio na lista
crepúsculo da monarquia absolutista
aurora da democracia parlamentarista
liberdade de imprensa e inovação tecnológica
fim da servidão e mudança ideológica

industrial e mecânica produção
comerciante, operário e alfaiate em união
pelos direitos, máquinas em destruição
última varrida do entulho medieval
sangrento enfrentamento radical

insatisfação para o fim da exploração
migração e fome, sem batata e pão
dos conservadores pela força, a supressão
desemprego e morte de mães e filhos
perseguição, derrota, execução e exílio

inveja e terror comuns em vendaval
miseráveis contra conservadores do mal
nas ruas e prisões morrendo por um ideal
sangue derramado que mais tarde
traz direitos, progresso e liberdade

Não tenho essas pátrias

Em nome de uma pátria justificaram a guerra
e inventaram impérios
criaram colônias na conquista de terras
em busca de minérios

em nome de uma pátria subverteram nações
e impuseram o Estado
e nativos resistentes foram torturados,
degolados e queimados

em nome de uma pátria criaram exércitos
que na memória histórica, só mandões têm mérito

em nome de uma pátria é iludido
e honrado o soldado
com uma medalha ao ficar inválido,
ou morto e enterrado

em nome de uma pátria organizaram
Conquistas e Cruzadas
e cidades foram pilhadas,
crianças mortas e mulheres abusadas

em nome de uma pátria abusaram os monarquistas
e príncipes absolutistas
golpes, guerra civil e genocídio
foram impostos por pseudonacionalistas

em nome de uma pátria
inventaram a servidão e a escravidão
e o comércio triangular
para enriquecer em acumulação

em nome de uma pátria a Cruz e Jesus
foram em vão invocados
deturparam Maomé, Confúcio, Buda, a Torá
e os livros sagrados

em nome de uma pátria justificavam-se nazistas,
fascistas e comunistas
e milhões morreram na Guerra Fria
de interesses capitalistas

em nome de uma pátria dividiram a linguagem
entre idiomas e dialetos
classificaram sociedades de classes
entre ignorantes e elites de espertos

em nome de uma pátria demarcaram fronteiras
e coloriram bandeiras
ideólogos enganaram com fantasiais e asneiras

em nome de uma pátria inventaram embaixadas,
passaportes e vistos
se orgulham de dados estatísticos de PIBs
e outros índices esquisitos

em nome de uma pátria um bando de corruptos
inventa tributos
onde trabalha a maioria para a minoria
que é um bando de astutos

minha pátria é o metro quadrado
onde estou no momento parado
e meu concidadão é o humano irmão
mais próximo ao meu lado

ideologias de pátrias e mátrias
não mais me enganam:
meu país é a Terra e minha raça é humana

Dia da Pátria 07.09.2012

Oriente Médio

Nas terras de vinhedos, leite e mel
triunfa outra vez o ódio de fel

aquela que seria a Escolhida e Santa Terra
nunca teve em paz, só a amaldiçoada guerra

sangue, nunca escasso, rega a terra ressequida
do Oriente Médio em cada manhã sofrida

nação que odeia nação e irmão que mata irmão
mercenários e falsários, em trama e traição

morte exageradamente abundante e repugnante
sem tréguas adia a paz com asfixia constante

dia após dia, corpos se misturam aos escombros
são tantos que, para carregá-los, já faltam ombros

nos lares restantes não haverá lágrimas suficientes
enquanto a paz não reinar novamente

enquanto a espada não se embainha
não se terá a paz que quase nunca se tinha

enquanto metralhadoras e canhões não silenciam
não se viverá como ovelhas e lobos viviam

Penúltima gota de esperança

Ações diabólicas na Terra Santa
acordos de paz não mais adiantam
por tudo há escombros e cheiro de morte
e nem a pomba leva sorte

o soldado de medo corre
voluntários, os feridos socorrem
a criança ao lado da mãe dorme
e no estilhaço o ancião morre

a ovelha já tem medo da pedra
o camelo arrepia suas cerdas
a pomba já não consegue voar
o gafanhoto não consegue se alimentar

já chega de dor, prantos e gemidos
não se pode esperar pelo último respiro
talvez algum dia vigore o respeito mútuo
talvez ainda consigam rezar juntos

um dia em que a Paz terá sido alcançada
a última gota de sangue derramada
o último tiro de canhão silenciado
o último funeral sido chorado

quando a última lágrima cair no pó da terra
a gota de esperança no fim da guerra
talvez, ainda, essa seja antepenúltima
ou talvez, só reste a lástima...

MDJ 30 07 2014
sobre a Guerra Israel x Hamas

Poder da força

Na ditadura do dinheiro
o forte impõe-se pela manobra
o fraco fica com a sobra
como resignado e calado cordeiro

ante a astúcia de poderosos ligeiros
por mais que o manso se desdobre
sua obra não o torna nobre
e pouco adianta ser verdadeiro

mutuamente protegem-se os fortes
dia e noite em articulação
e os fracos, à mercê da morte

força bruta na ânsia de total dominação
cair nas graças é questão de sorte
até a igualdade niveladora da cremação

Primeira Guerra Mundial

Guerra do mundo com submarinos e canhões
como nunca antes, violência e destruições
guerra química e outras tantas inovações
mapeamento aéreo em elegantes balões
massacre humano com tanques e aviões

ideologias e nacionalismo, inúteis besteiras
em fome, lama e frio nas trincheiras
cospem fogo metralhadoras ligeiras
projeteis que ricocheteiam em rasteira
matam jovens que teriam a vida inteira

na batalha avançam tanques de aço
corpos dilacerados em segundos com estilhaços
pernas tremulas e enfartados caem em colapso
nas trincheiras adormecem corpos exaustos
na trégua da batalha ao relento nos pastos

jovens soldados e pais angustiados
deixaram sonhos de lado ao serem alistados
de coragem escassa, bravura falsa e amedrontados
lutam pela vida, como aqueles do outro lado
camaradas sorridentes e depois esmagados

passa a primavera e chega o verão
outono, inverno e qualquer estação
irmão mata o desconhecido irmão
com uniforme e bandeira de outra nação
em noites e dias de contínua escuridão

juventude nos campos de Flandres tombada
nove milhões de vidas desperdiçadas
no inferno da asfixia de gás de mostarda
feridos pelos estilhaços de granadas
soldados sem maldade morrem por nada

cores de inimigas e de farpadas flâmulas
nada resiste ao gás e lança-chamas
soldado por água e pelo doce lar clama
doutrinado e resignado, luta e não reclama
sangue quente e escarlate sobre a verde grama

horror de corpos jovens na lama tombados
armistício nas famílias e palácios é ansiado
com critérios não humanos tudo é negociado
soldados retornam da guerra mutilados
solitários caminham com rostos desfigurados

para satisfazer o ódio entre chefes de Estado
cavalos, cães e soldados são abusados
voltam para casa, em vão sacrificados
aplaudidos em marchas de vitória com sorriso forçado
pelo resto da vida esquecidos e mal remunerados

loucura de humanos mais frágeis que a flor de palma
infeliz do sobrevivente com insônia e trauma
feliz de quem na trincheira do corpo separou a alma
sangue nas papoulas floridas e paz na rosa alva
campos verdes, agora em silenciosa calma

11.11.2014
Aniversário do Armistício de 1918

Rota da seda

Distantes caminhos lentos
onde não conta o tempo
terras lindas de areia e gelo
cargas ao lombo do camelo
onde cavalos voam como o vento
geografia e história em pesadelos

culturas milenares que não mudam
famílias e tribos que se ajudam
ao desconhecido, o viajante se lança
caminhante não mede distância
fronteiras que sempre mudam
forasteiro que nunca se cansa

Alexandre conquista e Napoleão cobiça
terras de muçulmanos e budistas
passos pacientes de Marco Polo
vários idiomas e diferentes solos
estrangeiro perdido pede pistas
a indomáveis guerreiros tolos

busca a fama, o aventureiro
o comerciante busca dinheiro
agricultores, nômades e pastagens
artesãos, caravanas e carruagens
trilhas perigosas no desfiladeiro
estradas de chão e passagens

milhas e milhas para gente aventureira
sobem e descem colinas e cordilheiras
em oxigênio escasso, neve e friagem
rios sem pontes e rasas margens
caminhos sem estrada e geleiras
civilizações e natureza selvagem

de cidade em cidade, os entrepostos
queimados do sol, as mãos e rostos
em turbantes e roupas coloridas
tantos hábitos e diferentes comidas
terra de provento e dinheiro no bolso
hospitaleira acolhida e inesquecível partida

elo entre Ocidente e Oriente
de Istanbul a Xian com gente
Rota da Seda de contínua festa
em tantos relatos que atestam
integração secular e permanente
termina onde começa

Terra sem fronteiras

Um planeta sem fronteiras
sem matança por bandeira
terra feliz que a paz almeja
que esse dia, amanhã seja

quando se for o racismo
sem falso nacionalismo
libertos do obscurantismo
evitando o próprio abismo

no silêncio do canhão
mães não mais sofrerão
a partida de seus filhos
para a guerra ou para o exílio

planeta para o humano coabitar
sem armas para matar
sem ideologia e estranheza
com ninguém na pobreza

todas as raças num só povo
vivendo em paz de novo
sem ódio, na liberdade
bem, justiça e fraternidade

VIDA, EXISTÊNCIA, FILOSOFIA

Simplificar o complexo e sublimar o trivial
do real o reflexo, do invisível o sinal.

Na natureza o simples é profundo
o complexo é simplificado
depende da nossa visão de mundo
o prisma sob o qual tudo é olhado

célula, molécula, átomo e elétron
organização cristalina da matéria miúda
contemplação de galáxias e do humano feto
ciência, fé, filosofia, e compreensão graúda

na sinceridade de repostas buscar
séculos de paciência, tudo se revela
métodos e coragem de duvidar
na escuridão, o microscópio é luz de vela

MDJ (excertos)

Adiantaria ter mais um dia?

Quão diferente se comportaria
se a pessoa soubesse seu último dia
que mal ou bem ainda faria

Iria em tudo ainda acreditar
continuaria respostas buscar
ainda iria acreditar, ou talvez duvidar?

Se agarraria ao futebol ou à Filosofia
à Religião, à Política ou à Biologia
e em qual delas, mais acreditaria?

Pediria perdão e seria perdoado
bobagens deixaria de lado
como gostaria de ser lembrado?

Gastaria fortunas com médicos e medicamentos
procuraria se purificar no internamento
ou anteciparia o alívio do sofrimento?

Justos e verdadeiros não têm apreensão
a morte sorrateira avisa, ou não
tarde para rever a vida dentro do caixão

para alguns, seria como o primeiro dia
para outros, seria como o último dia
outros, de mais tempo nem precisariam

para alguns mais um dia de nada adiantaria
muitos, em um único dia tudo fariam
se soubessem que no dia seguinte morreriam

Alma imaginária

Alma desprendida do corpo que acaba de morrer
tudo simultaneamente em outra dimensão passa a ver
tudo entende sem explicação para crer
puro espírito e de material nada mais tem
vagueia só no multiverso e nunca encontra ninguém
nem a si própria e segue sempre além

a Criação e a face de Deus glorifica
alegria absoluta e constante que se intensifica
por tudo flutua e cada milicentímetro visita
alma sem matéria em viagem cósmica que nunca termina
contempla tudo e entende o TODO que a fascina
aquilo que em vida terrena não imagina,
agora tudo sublima

vê materiais, luzes e gases que não consegue identificar
vagueia e flutua num espaço sem nada a limitar
num tempo que jamais termina e que nem sentiu começar
não há sofrimento terreno nem pranto
não há referência de início, nem de fim portanto
seres vivos não conteriam tal espanto

intuição pura que não precisa de inteligência
não há lembrança da vida terrestre da curta existência
não há sentimento, nem remorsos, nem referência
satisfação e suficiência num contínuo momentâneo
tudo é compreensível e simultâneo
passado, presente e futuro num só tempo instantâneo

flutuando em leveza ouve a mais linda melodia
não bate em nada e de tudo se desvia
pura perfeição como bem merecia
tudo que vê e sente é belo em perfume de flores
com todas as sensações vê todas as cores
alma recompensada de felicidade e sem dores

não há dimensão, nem espaço, nem tempo
cada nova experiência é um contínuo momento
cada milissegundo como absoluto complemento
numa felicidade que nunca imaginamos
viagem eterna e infinita pela qual ansiamos
impossível descrever para alguém quando iniciamos

Amor de uma mulher

Coração em flutuante alma
corpo tremulo e olhos de lobo
abraço de atear fogo
mãos macias em estendida palma

afago e lábios de mel
sorriso encantador
silêncio de amor
sem mistério, nem véu

estonteante atração
sentimento fascinante
coração bobo e sem razão

na presença do sorriso brilhante
minutos de eterna emoção
horas vazias quando distante

Animais e humanos

Não há nada que seja tão estranho quanto aquilo
que é demasiado diferente
não há nada que seja tão semelhante quanto aquilo
que é muito parecido
então, como pode haver pessoas
que não parecem gente
e como pode haver animais que parecem mais
humanos do que bichos encardidos?

A tarde cai

A tarde cai
nuvens andam em blocos
como algodão em flocos
e o sol se vai

coração em leve tristeza
brisa mansa e fria
de mais um fim de dia
sentimento sem grandeza

céus dourados em crepúsculo
vazio e choro de repente
soluço e confusa mente
inconsciente saudade do útero

Autenticidade da cebola

A cebola com pouca substância
é pequena e cascas tem diversas
de um lado côncavas e de outro convexas
é mesma em todas as circunstâncias

sem maldade, faz o humano chorar
mas humanos, com aparente bondade
com diversas faces em camadas de falsidade
até com sorriso conseguem enganar

não comedidos, ao contrário, interesseiros e falsários
em múltiplas aparências conforme a circunstância
alguns humanos só têm casca, sem substância
com diversas cascas internas, só trocam o vestuário

a cebola sempre a mesma sem falsidade
é autêntica, conhecida e previsível
esperar outra coisa dela é impossível
sem outras intenções e nem maldade

já muitas pessoas são evitadas e temidas
não atraem, mesmo quando perfumadas
falsas amigas e aparentemente educadas
com almas fedidas são fingidas

há humanos autênticos como a cebola e a flor
seres genuínos que não enganam ninguém
mas há humanos podres também
à cebola se assemelham somente no odor

Brisa no sono

Brisa sobre a face lisa
mansinha desliza
e para o momento
em algumas horas no tempo
é o que se precisa
enquanto o sono revitaliza...

Chafariz e castelo

você também quis
casa com jardim e chafariz
em Londres ou Paris?
Quer algo mais belo?
Compre um castelo
o dinheiro é quem diz
é o que ainda não fiz...

Cada instante

Num multiverso infinitamente graúdo
a nossa vida acontece a cada instante
num tempo de tantas horas distantes
tudo aqui e agora no miúdo

no acúmulo de décadas se vive o bastante
gota de matéria em cada milissegundo
em tempo curto com significado profundo
na convergência harmônica e excitante

opções individuais em livre arbítrio
cada instante é tempo acumulado
vida agitada de felicidade ou delírio

e na construção do próprio legado
corpo em bioquímico e psicológico equilíbrio
cada um se faz abençoado ou amaldiçoado

Cada metro quadrado

Como nossa visão de mundo seria
se pudéssemos deixar tudo de lado
para vermos cada metro quadrado
do planeta em um único dia?

Abstrairmo-nos de toda a cultura
jogarmos fora o proselitismo
termos caráter sem "ismos"
vivermos nus em natura

abandonarmos disputas políticas
superarmos a arrogância do mais
nos respeitarmos como iguais
em convivência pacífica

se passássemos uma hora mortos
e depois voltássemos à vida
numa existência combalida
aturaríamos o atual desconforto?

Se tivéssemos plena consciência
de que existir é um privilégio
nem ilusão, nem sortilégio
não desperdiçaríamos a existência

Candura

Olhar de alma pura
pureza de candura
mãos macias de ternura
amor irrestrito ao ouvido sussurra
para afastar-se não se apura
presença agora e sem previsão futura

sem palavras, sem exigências
afeto infinito e inocência
sem reservas e nem malícia
felicidade absoluta em delícia
coração verdadeiro sem hipocrisia
instantes que a eternidade principia

Céu do mês de abril

Pessoas encasacadas e ventinho gelado
lua clara, sem nuvens e céu azulado

fresta da janela com ventinho frio
surpresa para quem não se preveniu

casaco e touca saindo do guarda-roupa
para cobrir outra roupa que é pouca

tosse alheia anuncia pessoas resfriadas
ao alho, gengibre e mel recorrem apressadas

raios perpendiculares na manhã e na tardezinha
dos caminhantes sombras alongadas e bem fininhas

festa dos periquitos nos galhos da paineira
comendo frutas verdes com a típica barulheira

junto à chaleira, o pinhão e o quentão
na mesa e nas bocas do fogão

geadas na grama e neblina na beira dos rios
só podem ser dias típicos do mês de abril

Ciclo da vida

Desde a aurora, quando amanhece
até o crepúsculo, quando anoitece
assim tanto acontece na nossa vida
com graça vivida ou desgraça padecida

como um dia após outro devagar passa
luz mansa que nuvens perpassa
dia e noite como frágeis crianças
tateando, seguimos em confiança

vida de expectativas e ousadas ações
de sonhos e ingratas desilusões
em bravatas do coração que se exalta ou dói
na biografia que se constrói

com vizinhança em semelhança
vida de tristeza, ou dança e festança
de feitos e desafios sem jeito
de desfeitos e adquirido respeito

como em silêncio adormecidos
encolhidos e desprotegidos
na misteriosa escuridão da noite
a vida também tem os seus açoites

em tempo contínuo e não circular
significado cada um procura dar
por aqui, em breve passagem
poucos lembrarão nossa imagem

e daí a vida do corpo sai
como o Sol que se vai
deixando o crepúsculo nos céus
olhos se fecham sob grosso véu

vida de desafios travessos
diária teima em dilemas avessos
renegados, ou encaixados no sistema
cada um sabe se vale a pena

Compreensão

Na natureza o simples é profundo
o complexo é simplificado
depende da nossa visão de mundo
o prisma sob o qual tudo é olhado

célula, molécula, átomo e elétron
organização cristalina da matéria miúda
contemplação de galáxias e do humano feto
ciência, fé, filosofia, e compreensão graúda

na sinceridade de repostas buscar
séculos de paciência, tudo se revela
métodos e coragem de duvidar
na escuridão, o microscópio é luz de vela

preguiça, mãe da ignorância e prima da arrogância
o conhecimento faz o preconceito perder seu véu
multiverso e multimatéria não têm distância
e a compreensão total numa espiada dentro do céu

Conclusões

Quando o amor é confiança
o beijo é um privilégio
duvidar é sacrilégio
o coração vira criança

quando o olhar não é suficiente
revela-se o amor entesourado
que na ousadia é garimpado
e o tocar é permanente

lábios de mel em delícia
de duas almas já possuídas
e o desejo não é malícia

as muralhas já estão caídas
em mãos macias de carícia
na euforia usufruída

Crepúsculo da vida

Como fins de tarde são os nossos dias
de memórias cheios, ou de mentes vazias

como na Primavera com vida esperançosa
no Outono para a hibernação duvidosa

como ao pôr do sol de Verão com raios reluzentes
em tardes de Inverno com ventos presentes

com Alzheimer, AVC, câncer, velhice ou tuberculose
acidentado, impotente, deprimido perante a
esclerose

indefeso e em máquinas entubado
com o remorso por ter fracassado

arrependido por tantas oportunidades perdidas
na busca do perdão de algumas pessoas feridas

inconscientemente querendo ao útero poder voltar
deitado, acuado e encolhido, ao travesseiro a chorar

ou no recordar de vitórias conquistadas
no consolo das admirações por alguns apreciadas

ou na vibração palpitante de uma vida de sucesso
feliz porque levarão adiante o teu progresso

na alegria ansiosa para a eternidade
desprazível purificação da enfermidade

vida: viva-a como se fosse teu último dia
a cada instante como se a morte jamais viria

como se amanhã fosse a primeira chance
como se vida fosse um contínuo transe

que as últimas tardes não terminem em pranto
por teres passado os dias da vida em branco

Crepúsculo de mais um dia

Mais um pôr do sol no fim de dia
vidas findas e vidas nascidas
sete bilhões de humanos em suas lidas
existências de tristeza e de alegria

nos céus mais uma noite avança
raios tangentes espalham o crepúsculo
cobrindo um lado do planeta minúsculo
enquanto nuvens ao vento dançam

poderíamos nem ter existido
privilegiados, não foi possível fugir
fazer o bem em dever cumprido

que privilégio é existir!
A cada dia dar sentido
enquanto se está aqui.

Desafio da vida

Esforçados aproveitam a oportunidade
a cada instante em qualquer idade
do mundo recolhem a maldade
internalizam e devolvem bondade

a vida é um presente, um único existir
um desafio diário e contínuo a fluir
nas circunstâncias se extrai o elixir
a felicidade é o itinerário a seguir

Desejo para o seu dia

Para você, boa manhã e bom dia
que os trabalhos andem e não teimem
que o Sol brilhe, mas não queime
que os céus da tarde reflitam poesia
que o dia caminhe suavemente
que o crepúsculo traga a noite lentamente
e que você esteja sempre contente!

Dimensão

Se de imaginar és capaz
a dimensão para frente
e a dimensão para trás
é exatamente igual
ao ponto no presente
do simultâneo atual

Direção nova

Na direção para qualquer lado
nunca fique aí parado
faça o que é confiado
e deixe um legado
em vida de enigmas
crie paradigmas
e o que lhe espera na esquina
você nem imagina...

Dimensão da criação

Multiverso, criação da mão invisível
evolução devagar, devagarinho quase parando
tudo se equilibra enquanto vai mudando
antes da matéria e do tempo, tudo previsível

a metamorfose de bilhões de anos se pode ver
da intenção inteligente divina, imperceptível
que se revela na matéria, incorruptível
Deus absoluto e infinito, nada precisaria ter

perfeito, antes que qualquer coisa pudesse ser
completo, depois que qualquer coisa deixe de existir
se da insignificância terráquea
pudéssemos nos abstrair
e se simultaneamente tudo pudéssemos ver

no bilionésimo de segundo
que Deus conseguiu intuir
a imensidão do todo completo podemos entender
da ignorância e arrogância podemos nos desprender
e no entendimento com Deus podemos sorrir

Dúvida

Resfôlego em testa franzida com a face entre as mãos
cotovelos nos joelhos de cismativo em inquietação

dúvida, pouca certeza e mais buscas ainda provoca
da incerteza angustiante e apreensão que sufoca

dúvida expressa com jactância, ou simplicidade
mesclada ao ufanismo arrogante de meias verdades

dúvida mantida em segredo para evitar desavença
leva ao falso refúgio do ceticismo e da descrença

dúvida não superada pelos experimentos dos alquimistas
de pesquisadores que não acertam, mas deixam pistas

dúvida do médico e do paciente
no diagnóstico e tratamento
do criminoso amedrontado
pelo veredito temido do julgamento

dúvida e ignorância substituídas
pela opinião e certeza
confusão é falta de asserção e ausência de clareza

dúvida da rejeição
que faz a mulher apaixonada não se manifestar
com tanto amor para dar, mas o medo a faz silenciar

dúvida do artista sobre a escolha do título da tela
mentiroso de intenção suspeita,
mas sem disfarce se revela

dúvida em voz tremula na insegurança
da hesitante afirmação
olhar direto nos olhos quando há certeza e convicção

dúvidas de quem busca respostas
e significado indubitável
na perplexidade da vida,
a ignorância arrogante seria lamentável

Em vão disputam o que não lhes pertence

Na Natureza tudo nos é dado
minerais, terras e florestas
mas na ganância e na pressa
há dono em cada metro quadrado

triunfam os que não prestam
poucos felizes e muitos magoados
uns enriquecidos e outros explorados
de vícios todos se infestam

tudo é cobiçado, vendido e comprado
negócios, contratos, disputas de toda sorte
pessoas agarram-se em materiais conquistados

guerras para garantir patrimônios seus
mas dono de tudo, da vida e da morte:
o Único e somente é Deus!

Enganos do arrogante

Grandes enganos do arrogante ao fingir
pretender que é eterno o seu existir

que vale pelo tudo que tem
que não precisa de ninguém
que a dificuldade nunca vem

que finge nunca sentir fome
que intimida pelo seu nome
que pensa ser mais do que outro tipo de gente
que pode ser falso permanentemente
que pode fingir ser sempre sorridente

que não tem sentimento nem coração
que finge nunca sentir solidão

como se não escovasse seus próprios dentes
como se nunca e jamais ficaria doente
que sempre tem razão mesmo quando mente

que a velhice e rugas pode contornar
que leis e normas pode burlar

que não sente dor de barriga
que nunca paga por suas intrigas
que sua superioridade a nada o obriga

que nada e ninguém o deixa em alerta
que suas tramoias não sejam descobertas

que pode pisar no outro
e sem culpa dormir em conforto
que nunca se imagina morto

Entre duzentos milhões

Entre duzentos milhões você venceu a corrida
para fecundar o óvulo e iniciar a vida

se foi destino, acaso ou oportunidade
vida inteira para irradiar felicidade

viver é um privilégio de tamanha sorte
que nem seria necessário vida após a morte

obrigação e responsabilidades como pessoa boa
ser verdadeiro e não desperdiçar a vida à toa

olhar-se para assumir as próprias mazelas
sem culpar os outros apontando pela janela

se querem te ver longe, ou por perto
é você quem determina por certo

poderias ter nascido qualquer ser por aí afora
poderias ter vivido antes, mas és aqui e agora

não aborreça ninguém, nem jogue a vida ao vento
ame e seja amado e sirva de exemplo

aproveite a vida como um bem-aventurado
sem ter o privilégio da vida desperdiçado

poderia ter sido outro no teu lugar
então, que legado vais deixar?

E se...

e se os rios tivessem outros nomes
e se houvesse dignidade entre os homens
e se os países não fossem esses
e se os sistemas econômicos fossem diferentes
e se os idiomas fossem outros
e se todos tivessem conforto
e se o setor público fosse outro sistema
e se ninguém usasse algemas
e se o mal desaparecesse agora
e se amanhã raiasse melhor aurora?

Durma bem

Menininha amada sinta-se abraçada
pelo macio da coberta de algodão
com o vento fino de frio alpino
pela fresta da janela zunindo
e dorme com a mão no coração
a criança, de boneca disfarçada

Expiração de Deus

E então Deus expirou
minúsculas partículas
e átomos formaram moléculas
e o multiverso se iniciou

vagueiam partículas unidas
formam seres diversos
habitando o multiverso
espalhadas e bem distribuídas

em complexidade ficamos absortos
partículas se espalharam
algumas delas se aglomeraram
na bioquímica do nosso corpo

da criação do mundo
toda essa evolução
sem pressa em lentidão
sequer atingiu o primeiro segundo

são seres tantos e cada vez mais
desde as folhas e troncos das árvores
à composição e dureza do mármore
aos animais, vegetais e minerais

há muito, portanto, para evoluir
em tudo e em cada ser há música
melodia simultânea e única
que ainda não conseguimos ouvir

Faça alguma coisa

Advogados julgam
antropólogos comparam
apresentadores aparecem
arqueólogos escavam
arquitetos espacejam
assistentes sociais ajudam
artistas pintam
biólogos camuflam
contadores contabilizam
economistas analisam
pedagogos educam
enfermeiras curam
engenheiros estruturam
filósofos perguntam
físicos se movimentam
historiadores registram
jornalistas investigam
matemáticos quantificam
médicos diagnosticam
músicos solfejam
políticos se elegem
químicos reagem
religiosos rezam
teólogos deificam
teatrólogos mascaram
zootecnistas animalizam
e você faz o quê?
mexa-se!
daqui a 100 anos não estarás mais aqui...

Finados

Depois de seu tempo vivido
purificou-se por um período sofrido
com palmas na tumba calma
hoje lembraram-se de sua alma
tendo partido, mas não sendo esquecido
aos viventes assim acalma

Harmonia do sono

Em sono profundo respira
enquanto dorme a menininha
sonha que flutua a caminha
com o Universo em sinfonia

a Terra lentamente gira
e a Galáxia em contínua dança
e dorme a menina criança
protagonista no Todo em harmonia

Idiota

Nunca subestime a esperteza
imaginária de um idiota
pretensioso nas respostas
que de nada tem certeza

em público sempre sisudo
no seu íntimo atormentado
na dúvida como cão acuado
disfarça e permanece mudo

nunca tenha a ilusão
contra aquele que ao silenciar
tem mais dúvida e confusão
do que coragem de perguntar

Interior *versus* exterior

Quer ser como Bahá'u'lláh
quer parecer com Calvin Klein

quer ser como Buda
quer parecer com Gianni e Versace

quer ser como Brama
quer parecer com Giorgio Armani

quer ser como Jesus
quer parecer com Valentino Garavani

quer ser como a Torá e Talmude
quer parecer com Elsa Schiaparelli

quer ser como Umbanda
quer parecer com Karl Lagerfeld

quer ser como Shinto
quer parecer com Yves Saint Laurent

quer ser como Xamã
quer parecer com Coco Chanel

quer ser como Maomé
quer parecer com Christian Dior

quer ser como Krishna
quer parecer com Roy Halston Frowick

quer ser como Ânima do Cosmos
quer parecer com Ralph Lauren

quer ser como Papa Francisco
quer parecer com Pierre Cardin

quer ser como Lutero
quer parecer com Tom Ford

quer ser como Dalai Lama
quer parecer com Ralph Lauren

quer ser como Madre Teresa
quer parecer com Donna Karan

Já não existe sermão da montanha...

Mal-aventurados os narcisistas e obcecados pelo poder
porque eles manipularão a tudo e a todos
para chegarem onde querem, sem escrúpulo

mal-aventurados os arrogantes, autoritários
odientos, presunçosos e poderosos
porque deles não são os reinos da Terra

mal-aventurados os agressivos, intolerantes
traidores, truculentos e violentos
porque eles não herdarão a Terra,
mas apenas própria fama

mal-aventurados os injustos e invejosos
ignorantes, demagogos, obscurantistas e orgulhosos
porque eles não herdarão a Terra,
mas apenas a própria tumba

mal-aventurados os avarentos e egoístas
que sonegam, enganam e roubam
porque eles não serão fartos
e não precisam de misericórdia

mal-aventurados os cínicos, falsos de coração,
que debocham, ofendem e insultam
porque eles, um dia, verão a sua própria morte e
nunca verão a Deus

mal-aventurados os assediadores, ciumentos
orgulhosos, presunçosos e nojentos
porque eles serão chamados filhos de Satanás

mal-aventurados os injustos que perseguem
por causa da própria vontade e avareza
porque deles é o reino da discórdia, do desconforto,
do medo e da guerra

bem-aventurados os que choram e reclamam
por serem bondosos, justos, livres, pacíficos e
verdadeiros
porque eles serão consolados

bem-aventurados sois vós, seres livres
quando vos injuriarem e perseguirem e, mentindo
disserem todo o mal contra vós
em nome de suas próprias causas e folclóricas biografias...

MDJ 09 11 2016
Por ocasião da eleição de Donald Trump como presidente dos EUA

Já não me importo mais

Já não me importo com corruptos
sou honesto e pago tributos

já não me importo que sejam brutos
sou bondoso e a ninguém insulto

já não me importo que sejam vadios
faço tudo bem feito e dispenso elogios

já não me importo com Forças Armadas
sou da paz e nem uma abelha é machucada

já não me importo que sejam preconceituosos
amo pobres, ricos, perfeitos e defeituosos

já não me importo que destruam o planeta
meu lixo gerado é minha própria faceta

no parto a vida amanhece e ao longo se amadurece
em cada instante cada qual responde pelo seu CPF

Lentos e o tempo

O tempo é permanente
e nossa vida é só um instante
temos tempo suficiente
para fazermos o bastante

mas indivíduos lentos
para a vida não têm tempo
não usam seus talentos
buscam somente o sustento

vagueiam como o vento
do dinheiro são instrumento
e no final só lhes sobra o lamento
que desalento...

Limite e triunfo do conhecimento

Dos fenômenos pouco se sabia
a matemática que as ciências auxilia
como na física, química e biologia
cria-se economia, direito e engenharias
arte, medicina, teologia e filosofia

por mais longe que vá a curiosidade
nosso esforço tem limite de capacidade
na natureza tudo é simultaneidade
não importa o caminho da verdade
na compreensão com sinceridade

sem disputa entre naturalismo e culturalismo
desaparece a ignorância e o obscurantismo
supera-se a intolerância do extremismo
sem violência do fundamentalismo
caminham juntos criacionismo e evolucionismo

Mergulho no sol

Então no Sol mergulhei
a maior pressão senti
a menor partícula vi
o maior calor experimentei

explosiva combustão
menor espaço no menor tempo
volto depois de um momento
com simultânea compreensão

eletromagnético aurifulgente
hélio que é fonte da vida
este é só o fim do início ardente

dúvidas todas exauridas
não entender é desperdício
no Sol mergulhe quem duvida

Metamorfose

Vida, coisa intrigante
metamorfose a cada instante
não há nada que se conclui
não sou mais o que já fui
não sou ainda o que serei
quanto tempo ainda terei?

Morte sorrateira

Morte sorrateira
vem tarde
vem cedo
vem ligeira
sem alarde
encare sem medo

Monumento ou tumba?

Durante a breve vida emprestada
podemos fazer muito, ou fazer nada

passamos a ser o que para nós construímos
cavamos a própria tumba, ou monumento erigimos

aquele que insiste em na tumba continuar cavando
já vai sendo enterrado com a terra que vai jogando

aquele que constrói o fundamento de seu monumento
irá vê-lo completado pelos que o tomam como exemplo

aquele que com sua tumba se foi
é esquecido vinte e quatro horas depois

aquele que erigiu o seu monumento
a História o lembrará a cada momento

Natal verdadeiro

Natal de gastos e comércio que a todos anima
procura neurótica por produtos da China

do Natal verdadeiro pouca coisa sobreviveu
será que tudo isso tem a ver com Deus?

Neste Natal, empanturre-se e coma bastante
mas, por fineza, não esqueça do Aniversariante

Niilismo

Onde a moral despenca
não há crença, nem descrença
só encrenca e desavença
morte e crônica doença

promessa do novo em espúrias alianças
envelhecemos pregando mudanças
nada vale em falsa pajelança
e nada de melhor se alcança

Olhos de alma

Quando os olhos revelam a alma
outra evidência já não é necessária
inteiro ser no carinho sentido na palma
como o próprio íntimo espalma
lealdade e inocência da mais pura alva

na mais impensável fantasia imaginária
amor galáctico que infla em ritmo de calma
aos poucos a torna mulher lendária
da felicidade absoluta é signatária
do céu emissária e da perfeição refratária

ser formidável com unicidade de mais ninguém
afeição e meiguice de incomparabilidade
adicionado à beleza visível algo não revelado tem
e não são só os olhos, mas tantos detalhes também
reportando em leveza para o imensurável além

alma de diamante e de esmeralda em gratuidade
estonteia um coração que não se contém
tiara humana, elegância e singularidade
desperta o desejo da perenidade
de amor infinito para a eternidade

Palavras ao vento

Palavras jogadas ao vento
nos rondam com o tempo
em tardio arrependimento
em remorso e lamento

confiança que se torna atrito
confusão em irreparável conflito
falastrão triste e aflito
em solidão com coração contrito

oportunidades em desperdício
cordeiro indefeso em sacrifício
palavras mal pensadas são suicídio
contra os outros são homicídio

como penas da torre jogadas
palavras mal pensadas
não se recolhem quando espalhadas
e a confusão está armada

Palavras rimadas

Palavras e rimas em tantas combinações
em gramática perfeita, ou pensamento torto
fonéticas combinadas que trazem conforto
desenho atraente de escondidas emoções

palavras combinadas e rimadas
podem expressar um oceano, ou nada
frutos da mente que o invisível viu
galáxia inteira, ou cada gota de um rio

formas de expressão em palavras pobres, ou ricas
rimas de corações de cordeiros, ou de lobo
relações complicadas de tramoias e triscas
de seres honestos, bondosos, safados, ou tolos

palavras de ingenuidade, ou de significado assertivo
rimas de grandes filosofias, ou meras letrinhas
de verdades, ou mentiras implícitas nas entrelinhas
combinação de verbo, sujeito, substantivo e adjetivo

palavras sinfônicas em rima e prosa
cantam as estrelas e o perfume da rosa
palavras que espalham perfumes de amor
irradiam alegria e suplantam a dor

rimas com apreensão, ansiedade e sentimentos
de corações carentes sem ninguém por perto
palavras valiosas, ou jogadas ao vento
rimas deprimentes como a solidão no deserto

acervo clássico patrimônio e cultura
coreografia de palavras que dá o sustento
palavras inesquecíveis que perpassam o tempo
em bibliotecas e no Nobel de Literatura

palavras rimadas que ocupam mente vazia
animadas, ou decepcionadas, na poesia
palavras poéticas que não deixam o dia acabar
balbuciadas em sonhos lindos
dos quais nem valeria acordar

poemas em rimas sinfônicas boas de se ouvir
letras que choram em versos, sem lógica racional
palavras lindas, prazerosas de sentir
em sentimento voluntário, impulsivo e emocional

palavras que cantam o amor e o ódio
aos corações conturbados levam a calma
rimas trabalhadas que preenchem a alma
mantêm ocupado quem não suporta o ócio

palavras eruditas ditas em banquetes de salmão
rimas cantadas ao luar do jantar do peixe com pirão
rimas vazias ou cheias, burras, ou com inteligência
com ingenuidade, ou sabedoria de vivência

palavras que cantam o bem e denunciam o mal
em trocadilhos que combinam sons e cores
simplificam o complexo e sublimam o trivial
em poesia que cria melodia e inala odores

palavras ríspidas ou suaves, de ouro, ou de prata
lucubrações de espontaneidade e sinceridade
revelações de integridade, ou falsidade e maldade
enaltecem e aquecem a alma farta

palavras sofisticadas, ou simples literatura
revelações de alegria e de amargura
registram o outono, inverno, primavera e verão
descuidadas jogadas ao vento e escritas em vão

lógica e certeza levam o poeta a escrever
rimas harmoniosas e amadas para quem aprecia
mal rimadas, mas ainda boas de ler
palavras rimadas em poema e poesia

Palhaçada

De repente surge aí o palhaço
num mundo de tanta pirraça
onde a vida quase perde a graça
faz rir e superar o cansaço

traz alegria, por vezes escassa
diferente daquilo que faço
fantástico! É isso que eu acho
enxota o rodeio de tanta trapaça

sapatos compridos parecendo um otário
nariz engraçado e não precisa mais nada
bobalhão, não tem lugar nem horário

vamos tornar nossa vida engraçada
caso contrário, nosso curto itinerário
pode ser uma triste palhaçada

Para quê?

Nada é teu e tudo é emprestado
nem onde pisas em cada metro quadrado
tudo já foi por outros ocupado
nem teu rastro fica no chão
nem tua é a religião
basta o alimento na mão

a vida passará em cada segundo
como tua casa neste mundo
num momento moribundo
quando tudo vai acabar
então para quê roubar
para quê matar?

deixe o outro existir
tendo o suficiente para ti
evita magoar e faze o outro sorrir
no passar das horas
estás por aqui agora
dentro em pouco irás embora

Por quê?

Anarquia e crime organizado
quando no cinema encenados
como arte são apreciados

espionagem e terrorismo
na sétima arte são repetidos
e pela plateia aplaudidos

mas na fechadura de nossas casas
e das portas arrombadas
são tragédias indesejadas

Noite curta

Noite curta
de memórias longas
e carinhos profundos

agora a espera infinita
que logo tudo se repita
em possíveis mundos

Por que as coisas são assim?

Por que as coisas são do jeito que são?
Nunca triunfa o correto e a razão
e não se impõem o desejado e a emoção

por que a verdade nunca parece triunfar?
Alguns pretendem ser uma coisa aqui e outra acolá
e donos do mundo insistem em pisar e machucar

por que os nossos dias são feitos de cicatrizes
com recorrente podridão, inverdades e deslizes
e a maioria das pessoas são tristes e infelizes?

Por que existe brutalidade e violência
perda quase total da confiança e da inocência
em áspera e intolerável convivência?

Por que a existência é um diário suplício
onde o real normal sucumbe ao trágico desperdício
com tanto sacrifício para tão pouco benefício?

Por que a Terra não pode ser uma Arcádia
de perfeito equilíbrio, conforto e comédia
sem o cansaço da discórdia, balbúrdia e tragédia?

Por quem as lágrimas caem?

Uns enriquecidos e empanturrados
muitos outros vivem das sobras
sem oportunidades, deixados de lado
no mundo humano pior que cobras

não se sabe por quem os sinos dobram
lágrimas caem sem endereço
mães com crianças que estorvam
desamparo de vidas sem valor, nem preço

num mundo sem piedade
pés no chão, segue adiante o imigrante
fugindo da guerra, desilusão e maldade
buscando novos horizontes

chega em nova Pátria que já tem donos
outro passaporte e nova bandeira
armas valem mais que humanos
na humilhante súplica nas fileiras

Referência da existência

Ao Sol em angular relação
qual é a referência
da nossa existência?
Na galáxia em pontual posição

felicidade e pleno equilíbrio
saúde corpórea no sistema bioquímico
nosso íntimo em equilíbrio psíquico
sem fratricídio, nem suicídio

segurança econômica garantida
boa estrutura jurídica e legal
vivendo em êxtase o privilégio da vida

em cada dia em harmonia e mística
com equilíbrio no ambiente social
integridade pessoal e equilíbrio na política

Resiliência

Sonhar deveria ser proibido
numa sociedade de imundice
por tudo repleta de canalhice
onde acreditar é sofrido

ali corruptos e corruptores perdulários
lá a diária fome de poucas bocadas
farrapos e colheradas contadas
das sobras do minguado salário

dos empanturrados de comilança
reclamar já não mais adianta
sossego quase não se alcança

em terra de falsa pujança
ilusões contínuas já são tantas
mas ainda... teima a esperança

Seja sempre você

Andar por fora ou andar por dentro?
Construir-se no paralelo
sem ligar-se a qualquer elo
onde haverá menos lamento

escrever o próprio roteiro
não entrar no sistema
não jogar por esquemas
seguir o caminho inteiro

do contrário senão
a vida se apequena
e não vale a pena
do que adiantaria, então?

Ser e deixar ser

Esse é o ABC da vida
ser livre e pessoa polida
as escolhas alheias respeitar
ser verdadeiro e não julgar

ter convicções e compreender
ser bondoso e não ofender
ser feliz e não estorvar
a diversidade respeitar

irradiar alegria a quem rodeia
intolerância é coisa feia
ser verdadeiro e justo
pacífico e merecer um busto

Serenidade

À premonição da traição
antecipe com o perdão

à agressividade da maldade
devolva sempre bondade

serenidade ao pressentir
dê o melhor de ti

mantenha sempre o sorriso
na dor quando é preciso

a todo o mal que vem
retribua com o bem

Ser pequenino

Era um ser tão pequenino
falso dono do universo
repugnante e perverso

era um ser tão pequenino
com ego de planeta
impondo-se com a baioneta

era um ser tão pequenino
controverso e sem certezas
mas inflado de esperteza

era um ser tão pequenino
inventor de religião
matando o próprio irmão

era um ser tão pequenino
abaixo do nível animal
praticando todo o mal

era um ser tão pequenino
fingindo não ter remorso
sem culpa nos destroços

era um ser tão pequenino
na escuridão da própria cultura
a caminho da sepultura

era um ser tão pequenino
e quando se deparou consigo
habitava o próprio umbigo.

Ser verdadeiro

A verdade em ti permeia
de pureza e sem falsidade
sem vícios em plena liberdade
mãos generosas a bondade semeiam

desacorrentado da inveja e do ciúme
da ganância e arrogância desprendido
teu monumento terás erigido
com boa fama chegarás ao cume

se deixares boas posturas
inutilmente e enganado
a própria tumba terás cavado
enganado em ingrata vida dura

por muitos terás sido odiado
triste vida em sofrimento
de inimigos e de lamentos
e por ninguém serás lembrado

Significado da tua existência

Quando a primeira estrela brilhou
a partir daí tudo começou
quando a última estrela se apagar
tudo irá terminar

enquanto isso segue a evolução
matéria se expande em paciência
e o significado de tua única existência
é tão grande quanto essa imensidão

Silêncio

Silêncio, mensageiro que não fala
mistério paira sobre quem se cala
segundos parecem infinitos
decifrando o que não é dito

palavras ditas perseguem
mesmo que se as neguem
e não consertam o estrago
da inteligência de asno

a sabedoria adquirida basta
a verdade evita inimigos
a emboscada da armadilha afasta

na convivência sem perigo
bumerangue da fofoca nefasta
sobrevivo por aquilo que digo

Soluços

Quem fala demais
num relacionamento que já se vai
não ouve a pessoa d´antes amada
que hermética fica calada

nada mais, a não ser o silêncio
em si mesmo um anúncio
e o soluço de dois choros
quando já se foi o namoro

quando da fidelidade se duvida
em brigas incontidas
já perdida a certeza
toma conta a estranheza

felicidade ida dos dias vividos
corações partidos de mulher e marido
sossego na fuga da brutalidade
nem sentirão saudades

tempo perdido e desperdício
do sonho ao fatal divórcio
ostracismo, solidão e calabouço
nem diferença fará tampouco

soluços em separadas vidas
num último abraço de despedida
chance desperdiçada da felicidade tentada
esperança enganada que acaba em nada

Triunfo da vontade

Obscurantista Era
de humana calamidade
onde por vezes impera
o triunfo da vontade

bestalhões de si embriagados
obcecados por manchetes de jornais
de bajuladores rodeados
como cães que lambem demais

falsos reis em nudez
demagogos perigosos
já tentaram outra vez
os crimes desastrosos

Unidade e múltiplo

O individualizado
um a um adicionado

mas quando somado
é o único multiplicado?

Cada ser é único
adicionado é múltiplo?

O múltiplo é o único repetido
continua o mesmo ou é copiado?

Do único ao múltiplo
é coletânea entre o primeiro e o último?

Qual é o sentido do individual repetido
de tudo o que é medido?

Será que existe
do infinito um limite?

A existência é evolução aleatória
ou o tempo em trajetória?

Velhice

Como se nada em volta existisse
relembrando eventos e cantigas
de seus tempos de raparigas
na varanda, amigas contemplam a velhice

uma com Parkinson, outra com tuberculose
umas mancas e outras corcundas
algumas em conversas profundas
cansaço, Alzheimer e osteoporose

toleram os dias que ainda restam
resiliência, ânimo e teimosia
franzinas, mas com olhos de alegria
mãos tremulas, contra nada protestam

memórias dos tempos do colégio
dias idos da vida passados a limpo
fragilidade ludibriada com instinto
viver até aqui é um privilégio

os soluços silenciosos Ema tenta disfarçar
Matilde pensando em seus netos
Verônica indaga se o céu é certo
Lourdes curiosa se ainda vai demorar

Verdades relativas e mentiras absolutas

Verdades relativas e mentiras absolutas
ditas e praticadas por gente astuta
árvores de amargas frutas e espinhosas
más condutas com atração enganosa

pessoas mais vazias do que cheias
com verdade que é só meia
mesmo assim inteira mentira
ouro, de estrume não se tira

intenção premeditada que encilha
em bem calculada armadilha
bruta maldade praticada
contra o inocente em fatal emboscada

da pedra grande é fácil desviar
na pedra pequena é fácil tropeçar
descuidado olhar e atração desastrosa
árvore espinhosa com pontadas dolorosas

nada de pedra grande em pequena peneira
atraentes, mas diferentes são as fruteiras
cada tipo de pedra é preciso separar
espinhos e envenenamento é possível evitar

que no nosso longo caminho
com frutas doces e fruteiras sem espinhos
só encontremos pedras preciosas
e companhias verdadeiras como a rosa

Vigie a tua reputação

Em todos os ângulos vigie a tua reputação
à tua frente pode haver um falso pegajoso
à tua esquerda pode haver um invejoso
às tuas costas, o bote da traição

mantém paz e liberdade no coração
à tua direita pode haver um ciumento
até elogios de enganador avarento
perdoa a todos em sincera oração

e se mesmo assim caíres vítima
da violência e da falsidade
oferece tudo a Deus em atitude legítima

no longo prazo a justiça e a verdade
e as virtudes íntimas
triunfam para os seres de bondade

Visão irreal e paralela de mundo

Na visão e significado da existência
nos respaldamos por herança cultural
mais do que pela realidade natural
e longe da verdadeira essência

todas as verdades na Natureza estão
e o conhecimento que temos por certo
estão não mais do que a dois metros
acima da superfície do chão

valorizamos mais a acumulação mundana
sem entendermos galáxias incontáveis
num mundo paralelo de poder e fama

criamos intermináveis convicções confortáveis
invenções de mera vontade humana
para disfarçar o fim da existência inadiável

Viva bem a cada instante

Não tenha pena se este ano foi o pior
nem deseje que o próximo seja o melhor

nossa vida não é feita de anos nem de etapas
cada ação mínima vai deixando marcas

cada segundo é importante e sublime
a vida é um contínuo filme

aproveite cada oportunidade e fique atento
não peça permissão a quem te deixa ao relento

à premonição da traição antecipe o perdão
a quem te faz mal, ame-o de coração

fique de bem com todos e não magoe ninguém
a cada instante de tua vida viva bem!